共和国故事

民心工程
——城镇医疗制度改革正式启动

何 森 编写

吉林出版集团股份有限公司

图书在版编目（CIP）数据

民心工程：城镇医疗制度改革正式启动/何森编．——长春：吉林出版集团股份有限公司，2010.3

（共和国故事）

ISBN 978-7-5463-2652-8

Ⅰ．①民… Ⅱ．①何… Ⅲ．①纪实文学－中国－当代 Ⅳ．①I25

中国版本图书馆CIP数据核字（2010）第053596号

民心工程——城镇医疗制度改革正式启动

MINXIN GONGCHENG　　CHENGZHEN YILIAO ZHIDU GAIGE ZHENGSHI QIDONG

编写　何森

责任编辑　祖航　宋巧玲

出版发行　吉林出版集团股份有限公司

印刷　三河市嵩川印刷有限公司

版次　2010年3月第1版　　　2022年1月第9次印刷

开本　710mm×1000mm　1/16　　印张　8　字数　69千

书号　ISBN 978-7-5463-2652-8　　定价　29.80元

社址　吉林省长春市福祉大路5788号

电话　0431－0431－81629968

电子邮箱　tuzi8818@126.com

版权所有　翻印必究

如有印装质量问题，请寄本社退换

前　言

　　自 1949 年 10 月 1 日中华人民共和国成立至今，新中国已走过了 60 年的风雨历程。历史是一面镜子，我们可以从多视角、多侧面对其进行解读。然而有一点是可以肯定的，那就是，半个多世纪以来，在中国共产党的领导下，中国的政治、经济、军事、外交、文化、教育、科技、社会、民生等领域，都发生了深刻的变化，中国人民站起来了，中华民族已屹立于世界民族之林。

　　60 年是短暂的，但这 60 年带给中国的却是极不平凡的。60 年的神州大地经历了沧桑巨变。从开国大典到 60 年国庆盛典，从经济战线上的三大战役到经济总量居世界第三位，从对农业、手工业、资本主义工商业的三大改造到社会主义市场经济体制的基本确立，从宜将剩勇追穷寇到建立了强大的国防军，从废除一切不平等条约到独立自主的和平外交政策，从"双百"方针到体制改革后的文化事业欣欣向荣，从扫除文盲到实施科教兴国战略建设新型国家，从翻身解放到实现小康社会，凡此种种，中国人民在每个领域无不留下发展的足迹，写就不朽的诗篇。

　　60 年的时间在历史的长河中可谓沧海一粟。其间究竟发生了些什么，怎样发生的，过程怎样，结果如何，却非人人都清楚知道的。对此，亲身经历者或可鲜活如昨，但对后来者来说却可能只是一个概念,对某段历史的记忆影像或不存在,或是模糊的。基于此,为了让年轻人,特别是青少年永远铭记共和国这段不朽的历史,我们推出了这套《共和国故事》。

《共和国故事》虽为故事,但却与戏说无关,我们不过是想借助通俗、富于感染力的文字记录这段历史。在丛书的谋篇布局上,我们尽量选取各个时代具有代表性或深具普遍意义的若干事件加以叙述,使其能反映共和国发展的全景和脉络。为了使题目的设置不至于因大而空,我们着眼于每一重大历史事件的缘起、过程、结局、时间、地点、人物等,抓住点滴和些许小事,力求通透。

历史是复杂的,事态的发展因素也是多方面的。由于叙述者的视角、文化构成不同,对事件的认知或有不足,但这不会影响我们对整个历史事件的判断和思考,至于它能否清晰地表达出我们编辑这套书的本意,那只能交给读者去评判了。

这套丛书可谓是一部书写红色记忆的读物,它对于了解共和国的历史、中国共产党的英明领导和中国人民的伟大实践都是不可或缺的。同时,这套丛书又是一套普及性读物,既针对重点阅读人群,也适宜在全民中推广。相信它必将在我国开展的全民阅读活动中发挥大的作用,成为装备中小学图书馆、农家书屋、社区书屋、机关及企事业单位职工图书室、连队图书室等的重点选择对象。

编　者

2010 年 1 月

目录

一、开始探索

钱信忠谈卫生事业现代化/002

钱信忠接受新华社记者采访/005

召开全国卫生局长会议/008

国务院批转卫生部通知/013

中央解决赤脚医生问题/018

狠抓农村基层卫生工作/022

二、初步试行

中央表彰卫生先进工作者/028

中央开始城市卫生改革/037

卫生部向全国推广"昆明经验"/042

北京市引领医改前进步伐/048

各地医疗改革初见成效/054

三、深化改革

陈敏章阐述卫生改革方向/068

中央会议催发医改浪潮/072

推行农村合作医保制度/078

各地健全医疗保险制度/083

召开全国卫生工作会议/086

公立医院产权制度改革引争议/094

四、创新机制

两江模式推动医保事业发展/102

国务院启动新一轮医改/110

国务院提出指导性意见/116

一、开始探索

- 钱信忠说:"我们要积极学习国外的先进医学科学技术,加强国际学术交流。"

- 钱信忠在报告中说:"实现医药卫生现代化,还必须在管理上进行改革,加强科学管理。"

- 崔月犁说:"要把10亿人民的卫生防疫工作搞好,重点把8亿农民的卫生防疫工作认真抓好,必须把社、队两级卫生组织健全起来。"

钱信忠谈卫生事业现代化

1978年3月18日，全国科学大会在北京召开。

在大会开幕式上，邓小平作重要讲话，他指出，"现代化的关键是科学技术现代化"，"知识分子是工人阶级的一部分"，重申了"科学技术是生产力"这一马克思主义基本观点，从而澄清了长期束缚科学技术发展的重大理论是非问题，打开了长期禁锢知识分子的桎梏，迎来了科学的春天。

这次大会是中国共产党在国家百废待兴的形势下召开的一次重要会议，也是中国科技发展史上一次具有里程碑意义的盛会。

3月29日，以全国科学大会为契机，卫生部副部长钱信忠在全国卫生工作会议上发言：

> 我国医药卫生事业的现代化建设必须有一个大的发展，到本世纪末，使我国整个的医学科学进入当时世界的先进行列。大部分医学科研项目接近和赶上世界先进水平；除原有领先项目外，还要有一批新的重要项目居于世界先进地位；在中西医结合和现代医学的某些方面做出我国独创性的成果，以贡献于全人类。

钱信忠强调说：

我们已经制定了一个医药卫生科学技术八年规划草案，包括为基本消灭和控制《全国农业发展纲要（草案）》中列举的二十一种疾病提供新措施的研究，若干疑难病症如癌症、心血管病的病因、发病原理、早期诊断和防治研究，针麻原理，计划生育以及在医学领域应用同位素、激光、电子计算机新技术的研究等。这个规划草案，涉及基础医学、预防医学、临床医学、祖国医学、药物药理学、生物医学工程学等各个领域。任务是光荣的，艰巨的。必须本着抓带头学科，抓关键技术的原则，突出地抓好以下几个重大的科技问题，以促进基础医学和临床医学高速度地向现代化发展。

钱信忠说，实现医药卫生科学技术八年规划，必须把党和国家采取的各项政策和措施落到实处。各级卫生部门一定要在党委领导下，着重抓好以下三条：

一要重视人才，善于发现人才，加速培养造就人才，集中力量，形成拳头，攻克科研难关。

二要狠抓实验手段的现代化，研制高、精、尖仪器，引进新技术、新设备，加紧建设现代化的医院和医学科学实验基地。

三要提高医药卫生科技事业的管理水平，保证医学科学走在防治工作前面，并在工作重点和工作作风上，来一个相应的转变。

他指出，我们有信心迅速改变落后的状况，赶超世界先进水平。

1978年，党的十一届三中全会提出全党工作重点转移到现代化建设上来，卫生部门借此东风，开始加强对卫生事业的管理。

钱信忠接受新华社记者采访

1979年1月1日，卫生部副部长钱信忠根据党的十一届三中全会精神，在元旦向新华社记者发表的讲话中，提出了"卫生部门也要按经济规律办事"的论断，被誉为中国社会医学的开创者。

当时，中国的改革开放刚刚举步，农村里，家庭联产承包责任制开始风行，而在城市，一切都显得十分冷清，钱信忠这时的讲话，显得大胆而前卫。

1月7日，党的十一届三中全会公报发表后，新华社记者就怎样把卫生工作的着重点转移到现代化建设上来的问题，访问了钱信忠。

在接受采访中，钱信忠对记者说：

卫生部门必须把工作的着重点转移到预防和治疗疾病的业务工作上来，加速医学科学现代化的建设，保障人民身体健康，保护劳动力。我们的目标是，力争在今后两年内扭转某些疾病上升的趋势，把发病率降下来，基本消灭或控制一些危害人民健康较大的疾病；要加强医院建设；要进一步深入持久地开展以除害灭病为中心的爱国卫生运动。在短期内显著改变我国城乡的卫生面貌。

记者问：卫生工作的着重点怎样转移到现代化建设上来呢？

钱信忠说：

第一，要解放思想，发扬民主……卫生部门的政治思想工作要围绕各项医药卫生业务来进行，把政治思想工作做到防、治、教、研的业务中去，做到医药卫生人员的生活中去。

第二，要按客观经济规律办事，对于医药卫生机构逐步试行用管理企业的办法来管理。要让他们有权决定本单位的经费开支、核算，仪器购置，晋升晋级，考核奖惩。

第三，要加快实现医药卫生事业的现代化，提高医药卫生事业的科学技术水平。

钱信忠指出：首先要加强基础理论和边缘学科的建设，加强临床医学、预防医学、药品器械的现代化。最重要的是全体医药卫生人员要认真学习现代医药科学技术，用现代的科学方法整理中医中药。祖国医药学是一个伟大的宝库，一定要继续努力发掘、整理提高，创造出我国统一的新医学新药学。

他还说：医药、防疫、护理、科教等专业人员要在技术上精益求精，努力把自己锻炼成又红又专的医药卫生专家；老专家、老中医，要在新的长征中继续作出新的贡献，赤脚医生要努力提高业务技术水平，争取逐步达到中级卫生人员的程度；正在医药院校学习的青年，要勤奋学习，打好基础，掌握医药卫生科学技术现代化的本领；卫生部门的党、政、后勤干部，也要努力学习医学科学知识和管理科学，用现代的科学方法管理好医药卫生事业。

钱信忠最后说：

> 我国医学科学同国外先进水平比较，还有很大差距。我们要积极学习国外的先进医学科学技术，加强国际学术交流。要有计划地选派科技人员出国进修、考察，要邀请国外专家来华讲学，同时要引进国外先进技术设备，引进必要的生产线，充分利用世界上最新的医学科学技术成就，加快我国医学卫生事业的现代化，更好地为社会主义现代化建设服务。

钱信忠的讲话表明，一场医疗改革势在必行。

召开全国卫生局长会议

1979年3月22日，全国卫生局长会议在北京召开。全国各省、自治区、直辖市卫生局长参加这次会议。

这是在全党工作着重点开始转移的新形势下卫生战线的一次重要会议。会议的主要任务是解决卫生工作着重点转移的方针政策和当年如何开步走的问题。

与会人员反映，这次会开得比较好，经过这次会议，指导思想更明确了，措施比较切合实际，工作也就好办多了。

在这次会议上，卫生部部长钱信忠作重要报告。钱信忠在报告中说：

实现医药卫生现代化，还必须在管理上进行改革，加强科学管理。要按照医药卫生科学技术的规律办事，建立健全岗位责任制和技术操作规程，不断提高工作质量和工作效率。要贯彻按照经济规律办事的原则，加强经济管理，讲求经济效果，以花费最小的劳动（包括物化劳动）取得较大较好的预防和医疗效果。

为了适应全党工作着重点的转移，会议认为，卫生部门必须不失时机地把工作着重点转移到医药卫生现代化建设上来，更有效地预防和治疗疾病，提高人民的健康水平，为四个现代化服务。

大家认为，20多年来，卫生工作取得了很大的成绩，我们已建设起了一个粗具规模的城乡医疗卫生网，造就了一支医药卫生技术队伍，创建了一批科研、教育和药品、器械生产的基地，并在全国的范围内开展了防病治病工作。

大家认识到，我们必须清醒地看到面临的问题和困难。当前，卫生工作最突出的问题：

一是医药卫生队伍技术水平低，领导水平低，工作效率低，青黄不接，物质技术基础薄弱，在卫生事业发展上存在着严重的比例失调。

二是许多地区疾病多，发病率高，卫生状况不好。城市工业建设的发展，也带来了许多新的课题，需要我们去解决。

三是医药卫生部门的政治思想工作薄弱。我们对这些问题和困难必须有足够的认识，从而在开始实行工作重点转移的最初几年，下决心集中力量抓好整顿工作，提高我们队伍的思想觉悟和技术水平，增强防病治病的能力，为实现医药卫生现代化打下坚实的基础。

会议着重讨论了卫生工作实行重点转移必须坚持的指导思想，一致认为，进行医药卫生现代化建设，一定要坚持四项基本原则，从我国的特点出发，走我国自己发展的道路。同时，我们只能在国民经济发展的现时水平上，从抓整顿入手，开始进行医药卫生现代化建设。我们要普遍整顿，全面提高，重点建设，边整顿边前进。具体的做法应该是：

第一，充实改造。对现有基础较好的医疗、卫生、科研、教育单位，要在现有的基础上，加强管理，加强队伍的技术建设，改造和充实技术设备，逐步提高现代化水平。

第二，新建。用比较现代化的技术设备，建立少数医疗、卫生、科研中心，起示范作用。

第三，大量的是因陋就简，充分发挥中西医药卫生人员的作用，提高技术水平，加强管理，改善服务态度，解决广大群众的防病治病问题。

与会代表指出：要贯彻自力更生、艰苦奋斗的精神。过去，我们依靠这种精神，推翻了三座大山，建立了新中国；现在，也要依靠这种精神进行四个现代化建设。为了实现医药卫生现代化，当然要引进一些必要的先进技术和装备，但主要依靠我们自己大搞技术革新和技术革命发展我国医药工业，把生产搞上去，技术水平的提高也主要是依靠我们自己努力学习，刻苦钻研。

大家认为，现代化不是等来的，也不是要来的，更不是买来的，而是靠我们自力更生、艰苦奋斗干出来的。各医药卫生单位都要加强经济管理，挖掘潜力，厉行节约，减少浪费，反对贪污盗窃行为。

与会代表强调指出：我们一定要搞好安定团结。各级领导班子要搞好团结，医药卫生人员之间也要搞好团结。我们要加强政治思想工作，加强组织纪律性，对于无政府主义，对于各种不安定团结的因素，要积极采取办法加以解决。

在会上，大家还谈到关于医药卫生现代化建设的实际步骤和当前的任务。

与会代表一致认为：

第一，要抓紧培养掌握现代科学技术的人才，没有这种人才，即使有了现代医药技术设备，也不能很好掌握使用，现代化也是一句空话。

第二，我们要引进必要的先进技术和设备，但主要的是依靠自己的力量搞技术革命和技术革新，研制生产出相应的现代化技术设备，装备自己。

第三，医药卫生机构要进行管理改革，实行科学管理。

为了达到这个目标，我们的实际步骤就是要在今后三年内，贯彻调整、改革、整顿、提高的方针，抓好卫生战线的普遍整顿，使各级医药卫生单位的工作都达到或超过历史最好水平。

会议提出的1979年的具体任务是：

一、整顿城乡医疗卫生组织。

二、整顿加强医学教育，提高教学质量，培养更多更好的人才。

三、贯彻预防为主方针，整顿加强卫生防疫工作，认真抓好防病灭病。

同年4月，卫生部、财政部、国家劳动总局联合发出《关于加强医院经济管理试点工作的意见》的通知，对医院实行经济管理的目的、方法作了明确的规定。

通知指出：

> 医院实行经济管理，就是用经济的方法管理医院的业务活动和财务收支。对医院可以实行"五定"，即定任务、定床位、定编制、定业务技术指标、定经费补助。医院内部各科室也要结合"五定"，制定各项有关的定额标准，规章制度，建立各种岗位责任制和其他科学管理制度。

为了表现各地的差异性，通知最后还指出：其他医疗卫生机构也可参考这个文件的精神进行试点，摸索经验，根据不同情况加强和改进经济管理工作。

此后，卫生部又开始尝试对医院"定额补助、经济核算、考核奖惩"。黑龙江、吉林、山东、河北、浙江等地的5所医院被列为示范医院。

钱信忠认为，这一改革，对推动医药卫生现代化建设有重要意义。

国务院批转卫生部通知

1979年6月25日，国务院批转的卫生部《关于全国卫生局长会议的报告的通知》指出：

我国卫生工作的方针政策是党中央、毛主席、周总理制定的，我们要继续认真贯彻执行。在这次局长会议上，又进一步明确了以下几个问题：

（一）关于"城市老爷卫生部"。一九六五年，在四清运动中，发现广大农村缺医少药，为了引起我们的重视，毛主席严肃地指出了这个问题，讲了"城市老爷卫生部"这样的话。毛主席的意思是提醒我们从事医药卫生工作，不要只看到城市，应当把重点放到农村去，更好地为广大农民群众服务，而不是对卫生工作的全面评价。

…………

（二）关于"六二六指示"。毛主席一九六五年六月二十六日的谈话，对加强农村卫生工作起了很好的作用。但它不是正式文件，建议以后不再笼统讲"六二六指示"了。

（三）关于农村卫生工作和城市卫生工作的关系。今后还是要坚持把医疗卫生工作的重点放到农村，同时也要加强工矿和城市的卫生工作……

（四）关于下放问题。卫生人员到农村去，方向是正确的，不仅以前有下去的，以后也还要有下去的……

（五）……合作医疗的举办形式、资金筹集、医药费的报销比例，都要因地制宜，根据各地实际情况决定。要尊重社、队的自主权……

通知发出后，全国各地开始进行卫生医疗制度的初步改革。

从1980年初国家允许开办私人诊所以后，福建"莆田系"的最早创业者，选择在广东这个沿海开放省份开办诊所。

据《瞭望东方周刊》报道，当时一位卫生系统官员曾拿出一份文件，说卫生部纠风办曾针对"莆田系"游医集团专门发文：

福建省莆田市农民游医在全国各地以金钱铺路，承包经营国有、集体医疗卫生机构开办性病、泌尿专科门诊，甚至承包整个医院或皮肤性病研究所，大肆进行诈骗钱财、坑害患者的非法活动，造成极为恶劣的影响，严重损害了国有、集体医疗卫生机构的声誉。

尽管如此，这并没有影响到"莆田系"游医的原始资本积累，"莆田系"越做越大，以至于形成影响中国民营医疗市场的局面。

而且，中国的民营医疗市场仍然以沿海开放城市和经济发展飞快的江浙一带为活跃中心。同时，上海、北京等地，也吸引了一些业外甚至境外资本进入民营医疗市场，他们相继开办了规模和实力相当强大的民营医疗机构。

1979年，昆明市卫生局从整顿入手，在经济管理方面进行改革探索，提出了试行"全额管理、定额补助，结余留用"的思路。

昆明市第一人民医院护理部悄悄地迈出了第一步，时任《健康报》驻地记者张德说："他们在科室实行基础护理工作包干制，每个月给工作突出的护士发奖金，有六七块钱。"

当时还是计划经济，市场上大米每公斤0.3元，米线0.15元就能吃一大碗，六七块钱的奖金能顶很大用。

同时，有的人对改革持有不同意见。

1979年11月16日，在《健康报》的《情况反映》中，汇编了7篇持"不同意见"的文章。对于这些文章，一位卫生系统的老干部回忆说，这些文章的主要立意，就是从医院的根本属性出发，认为医疗卫生应该是社会公益事业，不应该强调其经济属性。

1982年底，昆明市卫生局成立了改革领导小组，在广泛调研的基础上，初步形成了"全民所有、聘任合同、任务补助、多劳多得"的《昆明市级医院改革试行方案（草稿）》20条。

昆明医改方案首次提出在市级医院建立"全民所有、聘任合同、院长负责、事业单位实行企业化管理"的新管理体制，也引来众多非议。

有人认为："院长负责就不是坚持党的领导"，"干部聘任就是拉帮结伙"，"改革与现行政策唱对台戏"。昆明市委虽然批准"20条"，但在争议中未能及时付诸实践。

1984年7月，昆明市卫生服务公司成立，负责当时昆明市属几家医院的后勤服务工作。公司按照市场经济的模式，实行董事会领导下的总经理负责制，主要经营药品、卫生材料、医疗器械、百货、日杂用品等的采购与配送。

1984年，昆明市劳动人事局将医药类大学毕业生的分配权下放给昆明市卫生局。这年9月，昆明市政府批准市卫生局实行《关于改革医药卫生类大学毕业生分配办法》。其中规定：

凡被分配到昆明市级卫生系统的医药卫生

类大学毕业生，要经过在市级综合医院各个科室轮转见习一年，第二年到郊区各县级医院工作，第三年再到县以下公社卫生院工作，最后由市卫生局正式分配到市、区级医疗单位。

1984年9月23日，《光明日报》在头版头条刊发了这个消息，在全国引起巨大反响。

但是这项改革从一开始就遭遇到很大的阻力。有的大学生不愿到县（区）轮转，长期"抗战"；有的学生家长托人情、找关系，借故不让孩子去县（区）医院轮转；还有人写信告到昆明市委、市政府，说这是"资产阶级卫生路线复辟"。

1986年2月，时任昆明市委书记的王信田批示：

> 刚刚毕业的青年到基层锻炼是非常必要的，符合中央的规定。市卫生局的做法应该肯定，而且应该推广。

改革期间，大部分大学毕业生在基层得到很好的锻炼，有的年轻医生已经能独立开展阑尾切除手术、胆囊手术和剖宫产手术。在轮转期间，3名毕业生因严重违反规定，长期不到轮转服务单位报到，卫生部门根据规定按自动离职处理。

中央解决赤脚医生问题

1981年1月26日,全国卫生厅局长会议在北京召开,这次会议提出了对卫生工作进行调整的指导思想。会议指出:

卫生工作在今后五年内,要扎扎实实地进一步做好调整工作,要把主要力量放在调整、整顿、充实现有机构,发挥现有机构的作用和卫生人员的积极性、创造性上面,把有限的人力、财力、物力管理、使用好。

这次会议分析了过去卫生工作中存在着的"左"的影响和干扰,认真研究了在调整中搞好医药卫生建设的方针、政策和措施。指出卫生战线调整工作的重要内容是提高质量。要努力提高现有卫生机构的管理水平和卫生人员的科学技术水平,提高工作质量和效率。要重视和加强农村、城市两个基层的卫生工作,逐步做到城乡卫生机构布局合理。对于农村基层卫生工作要做到有机构,有人管医疗、预防保健和计划生育工作。要注意加强中心卫生院和边远地区卫生院的建设。

会议认为,在调整中仍要注意加强中医这条短线,为中医的继承、发展与提高创造必要的物质条件。同时要加强中西医结合工作，支持"西学中用"的工作。

会议要求，在计划生育方面，卫生部门要做好计划生育技术指导工作，提倡优生学，提高婴儿质量，把计划生育和妇幼保健工作紧密地结合起来。

3月24日，卫生部部长钱信忠向记者就赤脚医生问题发表谈话。钱信忠说：

> 为了巩固、建设赤脚医生队伍，保障农村医疗卫生事业的发展，经国务院批准，要求各地结合自己的实际情况，合理解决好对赤脚医生的补助问题。

钱信忠指出：当前我国有赤脚医生150万人。他们是做好8亿农民防病治病和计划生育工作的一支非常重要的力量。经过培训、复训、自学与辅导，他们的医疗技术水平不断提高。据考核，约有三分之一的赤脚医生已经达到了中等专业学校毕业生的水平。

他说，近年来，各地贯彻执行党的农村经济政策，许多农民从农副业生产中增加了收入，而赤脚医生却因为没有时间从事家庭农副业生产和得不到超产奖励，与不少农民相比收入是少的，差距在扩大。这就使有些地方一些有技术、有经验的赤脚医生弃医务农或改就他业。

他说，这种情况如果得不到改善，将会影响农村合作医疗的巩固，出现预防接种、爱国卫生、计划生育没有人管，农民治病和新法接生找不到人等严重现象。这个问题应该引起各级政府的重视。

钱信忠说，经国务院批准，要求各地结合当地实际情况，合理解决好赤脚医生的补助问题：

一、凡经考核合格、相当于中专水平的赤脚医生，发给"乡村医生"证书，原则上给予相当于当地民办教师水平的待遇。对于暂时达不到相当中专水平的赤脚医生，要加强培训，其报酬问题，除记工分外，也要根据当地实际情况给以适当补助。

二、赤脚医生补助费的来源：经社员讨论，从社队企业、副业收入和社队公益金中提取；也可从诊疗业务收入或医疗站其他收入中解决；由地方财政给予适当补助。

三、赤脚医生的调动、培训、考核、发证和政府补助费的管理，都由县卫生局负责。

这样，中央合理地解决好了"赤脚医生"问题，提高了农村的医疗保险水平。

5月，第三十四届世界卫生大会在日内瓦举行，中国代表团团长、卫生部部长钱信忠在发言中说，中国支持世界卫生组织为实现"到2000年人人享有卫生保健"目标进行的努力。他说:"这是一项对于人类很有意义的活动。"

钱信忠指出:

> 在我国实现医药卫生现代化,同世界卫生组织提出的到 2000 年人人享有卫生保健的目标是一致的。我们正在积极努力,加快步伐,争取到 2000 年使我国的医学技术有一个新的发展,卫生知识有一个广泛的普及,城乡卫生面貌有一个明显的改观,人民健康水平有一个较大提高。

钱信忠在回顾中国同世界卫生组织和其他友好国家的学术交流和技术合作情况时说,1980 年初在中国召开了有 37 个国家共 80 多名代表参加的有关初级卫生护理的讨论会。1975 年以来,中国举办了 23 期国际针灸训练班,有来自 88 个国家的 350 名朋友参加。这些国际合作是富有成果的。

第三十四届世界卫生大会于 1981 年 5 月 4 日在日内瓦开幕,有 148 个国家的代表出席。钱信忠被选为大会副主席。本届大会主要讨论"到 2000 年人人享有卫生保健"目标的世界战略问题。

狠抓农村基层卫生工作

1981年9月18日，全国卫生宣传工作座谈会和全国卫生报刊座谈会在北京召开。

在会上，大家强调指出，卫生宣传要面向农村，为8亿农民服务。

座谈会根据党的十一届六中全会精神，研究讨论了在新的历史时期卫生宣传工作和卫生报刊面临的任务以及完成这一任务的措施。

会议指出，各级卫生行政部门要把这项工作摆在议事日程上来，充分发挥卫生宣传在社会主义建设中的作用。要运用各种宣传工具，扩大宣传阵地，按照城市、农村和边疆、少数民族地区的不同情况进行有针对性的宣传，注意宣传内容的思想性和科学性。各级卫生行政部门对必要的宣传经费要给予保证，还要提供一定的宣传器材和设备，以便进一步做好这项工作。

这样，农村卫生医疗改革工作逐渐被提上议事日程。

1983年12月30日，在天津结束的全国卫生防疫工作会议提出，为实现"2000年人人享有卫生保健"的奋斗目标，当前要大力抓好城乡特别是农村的基层卫生防病工作。

由卫生部召开的这次会议着重研究了如何立足改革，

加强农村社队两级卫生防疫组织的建设问题。会议要求，公社卫生院必须有固定的受过专业训练的卫生防疫人员，大队一级卫生组织不管采取什么形式、什么制度，都要有固定的赤脚医生搞好预防工作，并合理解决他们的报酬。凡是群众愿意坚持合作医疗制度的，可以继续办适合于当地情况的合作医疗。

会议强调指出：

> 无论是国家办的卫生机构，还是集体办的卫生机构，都必须在改革中认真贯彻"预防为主"的方针，任何削弱预防工作的做法都是不允许的。

为了保证卫生防病任务的顺利完成，会议认为应当改变近年来卫生防疫经费在卫生事业费中比例逐步下降的状况，争取在两三年内，使卫生防疫经费的比重增加到20%左右。

会议还针对全国卫生防疫队伍数量不足、业务素质差的状况，建议采取积极措施，多渠道培养卫生防病人才，以适应客观形势发展的需要。

卫生部部长崔月犁就加强农村基层防病工作的问题在会上讲了话。

他希望各级卫生行政领导通过整党，克服官僚主义和一般化的作风，深入调查研究，为开创卫生防病工作新局面做扎扎实实的工作。卫生部顾问马海德也就防治麻风病的问题在会上讲了话。

1984年1月9日，全国卫生厅局长会议在北京召开，会议提出：1984年要把卫生战线的改革坚持进行下去，必须进一步明确改革的指导思想，树立大胆探索、知难而进的精神，继续摸索适应我国国情的发展卫生事业的新路子。今年卫生事业的改革方向，必须有利于建设具有中国特色的社会主义事业，有利于人民群众防病治病。

卫生部部长崔月犁在会上作了报告。报告指出，贯彻预防为主的方针，加强城乡基层卫生组织的建设，是卫生工作改革的重要内容。

崔月犁说：

要把10亿人民的卫生防疫工作搞好，重点把8亿农民的卫生防疫工作认真抓好，必须把社、队两级卫生组织健全起来。要充分发挥基层卫生组织的作用，使8亿农民有医有药，能防能治。

崔月犁在报告中强调：

加强中医和中西医结合机构的建设，要求各地卫生部门认真贯彻中医、西医、中西医结合三支力量都要发展，三者长期并存的方针，继承和发展我国传统医药学。在民族地区，要发展民族医疗机构，办民族医疗学校，陆续挖掘整理民族医学遗产。

崔月犁最后强调指出：

要把人才培养放在头等重要地位，加快培养技术和管理人才。

崔月犁在报告中充分肯定了建立家庭病床的优越性。他说，家庭病床是符合我国国情、方便群众就医的好办法，是解决群众看病难、住院难的重要的措施。他要求在全国推广这个经验。

家庭病床在全国范围内广泛开设，并且向着正规化、制度化的方向发展，是当时医疗卫生工作改革的一个新动向。

据不完全统计，在天津、北京、上海、黑龙江、辽宁、吉林、四川、广东等22个省、市、自治区，1984年上半年就建家庭病床20余万张。新疆、云南、宁夏等边远少数民族地区也正在积极开展这项工作。

1984年8月5日，在天津结束的全国家庭病床工作经验交流会，要求各地在普及的基础上把家庭病床的水平提高一步。

这次会议是由卫生部召开的。会议总结了以往家庭病床几起几落的经验教训，认为今后的任务是要在普及的基础上加强管理，狠抓质量。各级医疗机构，尤其是城市基层医疗单位都要根据实际情况，积极开展家庭病床的工作。大医院则要着重发挥技术后盾的作用。办家庭病床要讲究实效，不要一哄而起，片面追求数量指标，搞形式主义。

在为期5天的会议期间，代表们讨论修改了《家庭病床暂行工作条例》，研究和探讨了如何搞好有关城市医疗卫生工作改革的问题。

在全国家庭病床工作经验交流会的闭幕式上，为表彰天津市家庭病床工作的突出成绩，卫生部颁发给他们20万元奖金，用以为家庭病床补充购置部分医疗设备。

二、初步试行

- 崔月犁强调指出："城市卫生工作改革必须坚持正确的指导思想。"

- 卫生部的一位老干部说："正式启动的医改，核心思路是放权让利，扩大医院自主权，基本上是复制国企改革的模式。"

- 胡启立深情地说："你们发扬白求恩精神，全心全意为人民服务，为人民群众的身心健康作出了重要贡献。"

中央表彰卫生先进工作者

1984年3月7日，经过各省、市、自治区评选，有近300名女医务人员荣获1983年全国卫生先进工作者的称号，领取了卫生部颁发的荣誉证书。

受表扬的全国卫生先进工作者中，有女医学科学家、女医生；有护理界的老专家、护理人员；有卫生防疫工作者；有乡村医生和赤脚医生；还有在医院管理和后勤部门做出优异成绩的管理干部和后勤。

在党中央的关怀下，全国各地涌现了很多卫生先进工作者。

哈尔滨市道外区人民医院大兴地区中心防治站地段医生宋淑娟，坚持十几年登门为这个地段5360多户居民看病送药，使2.16万居民在近7年间没有发生流行性传染病，跨入全国先进行列。1983年底，卫生部授予宋淑娟全国卫生先进工作者称号。

修水是江西最大的一个县，方圆4500多平方公里，几乎都是起伏不平的山丘，山连峰，丘套岭。山上长满了茂竹、青樟和芭茅草，十步路外视线就被树草遮住，靠手电筒照亮。几十里路上常常没有一点人烟。

一个女医生走在这崇山峻岭之中，是要有一点"豁出去"的胆量的。万淑娟背着红药箱，急匆匆行进在去横山的小道上。这段路有 20 公里长。

28 年前，从小生长在南昌市郊，年仅 18 岁，刚刚从九江市医士学校毕业的万淑娟被分配进这大山区。

她二话不说，翻山越岭前来报了到，一干就是 3 年，竟没有回老家去探望父母一次。

"病人那么多，医护人员这么少，我走了，病人怎么办？"她这样自问之后，主动放弃了探亲假。

不知不觉，她在这大山里干了 10 年。

全县 50 多个乡、几百个村子都留下了她的足迹。走山间小道，不知什么时候会撞到豹、蛇和华南虎，她手里唯一的武器是电筒。

有一次，在去横山的路上，她拍拍电筒，怎么不亮了？摸了黑继续向前走！看看手表，已经是下半夜 2 时了。

真累，真困啊！可是，孕妇在难产，得坚持，坚持！"哎哟！"左腿怎么这样疼！她轻轻按摩着腿骨，然后忍着痛慢慢地一步又一步向前挪去，头上直冒汗。一直到凌晨 4 时左右，才看到前边茅草坑里亮着微黄的油灯。

她顾不得全身散了架似的疲劳、左腿刺心般的疼痛，迎着病人家属激动的泪光，迅速给孕妇作检查。"糟了！难产度大，不开刀孩子无法生下来！可是，没有必需的手术器械。"她忘了自己的疲劳与疼痛，对病人家属说："抬病人到医疗队去！"

"万医师，你已经走了这么多路……"

"快，赶快！"万淑娟似乎突然来了力气，左腿也不疼了，几乎在下命令。

她又和病人家属赶了20公里山路到医疗队。现在她不知道饥饿了，对疲劳也麻木了，立即给产妇动手术。等到孩子呱呱坠地，母女平安时，已是15时了。万淑娟这时才觉得全身酥软，一头躺了下去。

谁知道，此时出诊扭伤的腿疼痛加剧了。她敏感地发觉异样，一拍片检查，是破骨细胞瘤恶变，股骨下段骨质破坏严重。晴天一声霹雳，心一下子冷了半截。

"快去治吧！"爱人劝她。

"可不能再耽误了！"同行们警告她。

她点点头，说："我要去治。不过，我得把预约的手术做完。"她忍着剧痛上手术台，给几个病人做手术，豆大的汗珠往下落，实在支持不住，就稍稍靠一靠手术台，换口气继续干。

她去武汉住院。医生告诉她："要动手术。有两个方案，一是高位截肢，一是髋关节离断。"

"哎哟！不管采取哪一种，我不就成了终身残疾了吗？那我怎么还能在山区为人民看病呢！"

"是啊，你还年轻……可惜，发现晚了。"

"医生，请你们一定保留我这腿，再想想办法吧！"

有高度责任感的医生，被万淑娟诚挚地为山区人民献身的精神所打动。他们反复查找资料，反复检查，各方共同会诊，最后采取挖除肿瘤、移植骨质填塞在左腿内的办法，四处开刀，进行植骨。手术整整做了 13 个小时，终于保住了她的腿。她切身感受到："高尚的医德和精湛医术应该是我追求的目标！"她拖着用石膏固定了的腿出了院，不能干重活，就帮助护理室做棉签，空下来发奋读妇科方面的专著。她想："妇女疾病缠身，有苦难言。特别是在山区，妇女有了病，少医少药，轻病拖成了重病。我要用过硬的医术给她们解除痛苦，就像武汉医生为我解除病痛那样！"

"万医师，救救我吧！"一个才 26 岁的妇女叫车文英，她见到万淑娟就诉说，自己得了尿瘘病，去做了两次修补手术，都不见效，如今和丈夫离了婚。治疗这种病，只能进行手术修补，难度大，要求高。

万淑娟听完车文英诉说，又难过又激动。她努力克制自己的情绪，先检查车文英的病况，发现她的病情比一般尿瘘病更复杂。有人建议让车文英转院。万淑娟见车文英无亲无故，到外地治疗困难太大，就大胆提议："我们来治好她！"

万淑娟反复研究有关资料，向老同志请教，终于做成了手术，术后病人的护理及吃用全由她和别的护理员包了下来。不久，车文英重新建立了家庭，生活得很幸福。从 1976 年到 1984 年，万淑娟先后使 96 位因尿瘘病而痛苦了多年的妇女重新有了生气，组织了家庭。

从医 28 年来，万淑娟以敢于"碰硬"出名。1984 年，已有 8 年党龄的万淑娟，被任命到另一个山区县

——永修县担任卫生局局长,但她一身兼二任,继续当一名山区的妇科医生。鉴于万淑娟的功绩,她先后被评为全国"三八"红旗手、全国卫生战线先进工作者和省劳动模范。

1983年11月28日,江苏省人民医院普外科的一个大病房里,程蕴琳极度虚弱地躺在病床上。她只觉得喉咙里在冒烟,真想一骨碌爬起身,痛痛快快地喝个够!可是,她的整个颈部全被敷料、纱布缠裹着,不要说挪动身子,连讲话、吞咽都极度困难。她吃力地睁开双眼,怎么也不敢相信现在自己躺在工作过20多年的医院里!

她知道自己患的是甲状腺癌;她知道在这短短的半个月时间里,自己已接连动过两次手术。在手术台上,外科医生几乎把她两侧的甲状腺及其周围组织全部切除了。"难道这辈子就这样结束了?"一个遗憾的念头在她的脑海中闪过。

25年前,程蕴琳以优异的成绩从南京医学院跨进了江苏省人民医院的门槛。程蕴琳不忘党的关怀和培养,决心把人民给予的知识,全部奉献给人民。20多年来,她把自己的全部心血和精力,倾注在病人身上。

尽管病房门口贴着"谢绝探视"的告示,前来探望的人依然络绎不绝。在探视的人中,有长期在一起工作的同事,更多的则是她医治过的病人。当他们得知程蕴琳患病的消息时,没有一个不感到焦急。

束立痕这位九死一生的病人感受尤为深刻。那是

1983年3月的一天晚上，束立痕的心脏病突然发作，她被第五次送进人民医院进行抢救。当时正在家中吃晚饭的程蕴琳听说后，丢下饭碗就走。这一夜，束立痕先后9次大发作，心脏停跳的时间一次比一次长。在科内其他医师的协作下，程蕴琳密切关注病人病情变化，不断采取应急措施，光电击就使用了6次，才使病人停跳的心脏重新搏动起来。

第二天早上，等束立痕的病情基本稳定下来，程医师又去替早已预约好的病人做心脏起搏手术了。

在住院期间，束立痕还看到程医师每次做完手术之后，总是争着帮助护理人员把病人送进病房。晚饭过后，她又经常出现在病人身边，仔细察看病情，耐心解答病人提出的问题。20多年来，程蕴琳不知抢救了多少诸如束立痕这样的危重病人。

1975年夏天的一个星期六晚上，程蕴琳忽然接到通知，要她赶到无锡去抢救病人。已经工作了一整天的程蕴琳二话没说，赶紧回到医院准备器材，直忙到深夜2时才休息。凌晨4时，她又急着去赶火车。

在无锡，她发现病人原来安装的临时起搏导管头未能置入右心室，必须带回医院抢救。为争取时间，她顾不得坐下来喘口气，随即又把病人搬到行李车厢。谁知列车刚一开动，病人就因起搏器故障发了病。

程蕴琳赶紧跪到病人身边，进行心脏按摩。在从无锡到南京的3个多小时的旅途中，她满身汗水，一直跪在病人身旁工作。

心脏科主任马文珠副教授把自己精心烧好的两个菜送进病房。她望着程蕴琳憔悴、苍老的面容，不禁心头一热："她吃的射线太多了！"这位心脏病专家，深深为程蕴琳这个自己看着成长起来的中年医师的献身精神所感动。

安装心脏起搏器，必须借助X线机来完成。每次手术，医生总是站在X线机屏幕前，将心导管从病人的静脉血管里，一点一点地送进右心房，再送进右心室，然后固定。每做一次起搏手术，一站就是三四个小时，尽管操作时医生也穿铅围裙，可是，这种防护只对胸背有效，而医生的头、颈和手臂等部分，还是暴露在外面。程蕴琳从来不管这些。只要有病人，她便钻进X线室。忙的时候，每星期要装七八只心脏起搏器，差不多每天都跟射线打交道。一次，医院里一连来了三个心脏病人。程蕴琳一个接一个地为他们安装好起搏器，从早上一直忙到天黑。

为了病人，她甘愿牺牲自己的一切。1978年秋天的一个晚上，程蕴琳被邀请到南京市第一医院为病人安装心脏起搏器。正当紧张的时刻，冷不防X线机上的平台连同病人一起掉了下来，不偏不倚，正好砸在程蕴琳的双脚上，黑暗中只听得她一声惨叫，谁都不知发生了什么事情。人们赶忙打开电灯，只见程蕴琳的那双新皮鞋被拦腰撕裂，脚下踩着的小方凳的四条腿全被压垮，可她还是一动不动地挺立在原地，双手紧紧地抓住病人。清创时，人们在血肉模糊中看到，她的左脚背被砸烂，神经和动脉血管各断一根，右脚背上也伤了一大片。

1982年9月，美国的一位医学专家来江苏省人民医院参观。他先看了程蕴琳做起搏手术的录像，接着又看了她做的几例心脏起搏手术，连声称赞说："你们拥有一支实力雄厚的起搏队伍，特别是还有一位这么高明的女大夫，确实了不起！"

这是程蕴琳长期坚持在实践中刻苦钻研的结果。自离开学校、踏进医院大门的那天起，程蕴琳就感到自己所学的知识太少。因此，她抓住一切机会向经验丰富的医师学习，利用一切空余时间请教书本。每天晚上，等到家务忙完，孩子入睡以后，她总要坐到灯下，学习两三个小时。

20世纪70年代以后，人工心脏起搏技术在国内外的应用越来越广泛。程蕴琳立志钻研心导管术和人工心脏起搏术。然而，要想熟练掌握这门技术，不仅要有过硬的内科诊断技术，而且必须具备外科、放射科和护理方面的知识。面对重重困难，程蕴琳坚信，实践是认识和改造客观世界的"金钥匙"。她利用一切机会向外科医生学习手术操作，向老护士学习消毒隔离技术，从清洗器械、手术巾，到手术操作、术后护理，样样都学，样样都干。程蕴琳很快掌握了一手过硬的心脏起搏技术，成为全院动手能力最强的心脏科医师。

10多年来,她除了在院内积极为危重病人安装起搏器外,足迹还遍及省内三分之二以上的市、县。在全院完成的400多例起搏手术中,有半数以上的起搏器是她亲手为病人安装的,从未出过任何问题。她到哪里,领导放心,护士高兴,病人满意,成了有名的"放心医生"。

在这期间,她与科内专业组的医师一起,利用业余时间,撰写了《左房黏液瘤的诊断》《人工心脏起搏器的故障和并发症的分析》等心血管医学论文和《人工心脏起搏器的临床应用》等医书,受到国内外同行的好评。

大病初愈,半休在家的程蕴琳又躺不住了。她在小桌上铺开稿纸,开始整理起医学论文来。

1984年2月下旬的一天上午,大内科主任王敬良特地登门,代表医院新的领导班子来征求要她担任大内科副主任的意见。

程蕴琳显得有点激动。她考虑了一下,极其郑重地说:"既然是新班子要我出来,我应该出来做点工作!"

"多好的同志啊!"从程蕴琳的身上,老主任看到了医院光辉灿烂的明天!

医院党委宣布了程蕴琳为大内科副主任的决定。3月中旬,本该休息一年的程蕴琳便提前7个月走上了领导岗位。她要谱写生命里程中的新的篇章!

中央开始城市卫生改革

1985年1月24日，正在北京召开的全国卫生厅局长会议提出：为了适应经济体制改革的步伐，要在1985年全面开展城市卫生工作的改革，用3至5年的时间完成县和县以上城市卫生机构改革的任务。

卫生部部长崔月犁在会上作重要讲话。他强调指出：

> 城市卫生工作改革必须坚持正确的指导思想。在改革中要正确处理社会效益和经济效益的关系，既要加强质量管理，提高工作质量，提高社会效益；又要加强经济管理，讲究经济核算，提高经济效益。

崔月犁说，县和县以上卫生机构的改革应该主要抓好以下几个问题：扩大全民所有制机构的自主权；调动各方面的积极性共同发展卫生事业；改革医学教育和科研管理制度；努力提高城市的环境与生活质量，落实各项卫生管理措施；进一步贯彻对外开放政策，做好人才、技术和资金的引进工作。

当时，各省、自治区、直辖市和部分城市的卫生厅局长以及部属医学院所的领导同志济济一堂，围绕城市卫生工作改革这一中心议题，展开了热烈讨论，就改革中出现的新情况、新问题，广泛交换了意见。

河北、北京、陕西、四川、广东等地的代表在会上介绍了他们近年来在卫生工作改革中的经验和做法，引起了与会代表浓厚的兴趣。

同年4月，国务院在批转卫生部起草的《关于卫生工作改革若干政策问题的报告》时提出：

> 必须进行改革，放宽政策，简政放权，多方集资，开阔发展卫生事业的路子，把卫生工作搞好。

由此，中国的全面医改正式启动。这一时期医改的基本思路是放权让利，扩大医院自主权，放开搞活，提高医院的效率和效益。其基本做法则是只给政策不给钱。

这一年，被学术界习惯称作中国医疗改革的"元年"，而此前的只能算是医院改革。

卫生部的一位老干部说：

> 正式启动的医改，核心思路是放权让利，扩大医院自主权，基本上是复制国企改革的模式。

尽管在这一文件中也提出，中央和地方要逐步加大对卫生事业的投入，但在实际中，各方面的情况正在微妙地变化。

在这一时期产生了两个改革典型，一是转换经营机制的"协和经验"，二是后勤服务社会化的"昆明经验"。特别是"昆明经验"，在全国卫生系统备受推崇，在全国医改过程中产生过巨大的影响。

在党中央的号召下，从1984年起，昆明市共有7批379名大学生，分别在49个市、县（区）、乡镇卫生院轮转服务。

1984年11月，昆明市中医医院成为全市卫生系统首家实行党政分开，"责、权、利相结合，奖优罚劣，奖勤罚懒"的院长负责制的医院。和院长负责制相配套的改革，还有"实行干部聘用制、工人合同制、浮动工资制"等一系列措施。

1985年，昆明市卫生局对"20条"进行了修订，修订后首先在昆明市中医医院试行，不到半年时间，收到明显的社会效益和经济效益。随后，市属各医院开始改革。

1986年6月，时任昆明市委书记的王信田对市中医医院的改革予以肯定，并指示"再接再厉，再前进一步"。

改革领导小组遂将20条增补为《昆明市级医院改革方案（试行）》25条。

经过反复讨论和多次修改，从7月1日起，新的医改方案开始在市属10家医院试行，产生较好反响。各家医院结合本院情况，又将新方案进行细化，提出了更具体的改革方案。

在当时的情况下，新的医改方案既明确卫生行政部门在管理医院当中的一些职责，又明确了医院院长在管理医院当中的权利、义务和责任。

当时的昆明市卫生局局长认为：这个关系理顺以后，其他的包括人事制度、用工制度、分配制度等方面的改革，相对来说都更容易推广。

1987年2月，院长负责制又进一步完善为"院长任期目标责任制"。

每个医院的院长、卫生防疫站的站长，在3年的任期内，对医院、防疫站的发展提出明确的目标。

昆明市卫生局局长与昆明市延安医院、昆明市第一人民医院等7家医院的院长，分别作为卫生行政主管部门和医院的法人代表，在"院长任期目标责任书"上签字。院长任期目标责任制改革全面启动。

实行院长负责制和任期目标责任制后，医院在用人方面，实行院、科两级聘任合同制，即院长聘任科主任（科长）、护士长；科主任（科长）、护士长聘任科室人员。同时实行"四定"，即定人员，定任务指标，定医疗质量及技术指标，定收入指标和支出限额。在经济分配方面，实行百分考核的全浮动结构工资制。

到1987年，昆明市卫生局决定将昆明市延安医院、市第一人民医院、市儿童医院、市妇幼保健院等 9 家市级医院的后勤部门整合起来，包括人员、设备、物资集中划归昆明市卫生服务公司统一管理。

卫生服务公司分别与医院签订"医院后勤总体服务、经费承包合同"，实行"定额承包、超支不补、结余留用"的经济管理办法。

昆明的卫生改革终于引起了国家部委的高度重视，也迅速引起了全国的关注，《人民日报》《光明日报》《健康报》等媒体先后刊登了消息并加了编者按语。

改革在当时取得了一定的效果。但是，这项改革后来却经历了一番波折。

卫生部向全国推广"昆明经验"

1985年8月,为了推动改革的顺利进行,卫生部下发《关于开展卫生改革中需要划清的几条政策界限》,明确把我国卫生事业的性质定位于"政府实行一定福利政策的公益事业"。

1987年4月28日至5月8日,卫生部和国家计委组成联合调查组赴昆明实地调查。

联合调查组认为:昆明市卫生改革在7个方面有重大突破。6月,昆明市政府正式批转了25条新的改革方案。6月14日,《健康报》全文刊登了昆明市政府新的医疗改革方案,向全国推广。

1988年,卫生部和国家体改委应邀派出专家赴昆明作进一步考察。专家考察后认为:

> 以事业单位企业化管理、医院后勤社会化、院长负责制、多种形式的负责制和大学生轮转制"两化三制"为基本内容的昆明市卫生改革是"群体性的综合改革"。

随后,卫生部加大力度向全国推广"昆明经验"。当时的亲历者、《健康报》记者张德后来回忆说:

> 院长负责制，最先是受到了企业实行厂长负责制的启发。当时医院面临的问题和很多国有企业一样。而一些国企实行政企分开、厂长负责制和多劳多得的激励机制，使很多陷入困境的企业重焕生机。

1988年，昆明市中医医院、昆明市卫生防疫站第一轮院长、站长任期到期，并完成了院长、站长任期目标责任制各项任务指标。

接着签订了第二个3年院长、站长任期目标责任书。

这一年，昆明市中医医院、昆明市妇幼保健院还实行了院长公开竞争上岗制度。

昆明市中医医院院长姚克敏在竞争中胜出，成为首位实现连任的院长。

《健康报》记者张德说：

> 院长负责制现在说起来很轻松，但是在当时可是一项具有"颠覆性"的改革。还处于"党领导一切"的年代，这项改革遇到的阻力可想而知。幸运的是，改革一直坚持下来了，并且在全国医疗卫生机构广泛实行。

1989年春节后的一天，在禄劝彝族苗族自治县则黑乡的山路上，时任《健康报》驻地记者的张德拍下了一张照片：

一位患重病的农户被村民用一副自制的担架抬着，后面跟着10个村民，有的背着米，有的拿着鸡。

他们要将患者送到25公里外的撒营盘镇中心卫生院。最终，患者的生命在抵达卫生院之前，在崎岖的山路上就匆匆地画上了句号。同年4月11日，这张照片在卫生部主办的《健康报》第二版上发表。

在不久后一次讨论医改的国务会议上，当时的卫生部部长陈敏章拿着刊载这张照片的报纸跟国务院领导说，城市卫生改革，不能代表中国的卫生改革方向，缺医少药的现象在边疆地区仍十分突出。

1989年，国务院批转卫生部《关于扩大医疗卫生服务有关问题的意见》实施后，医疗改革在不断的争议中继续前行。

1989年2月，为了巩固已经取得的成果，卫生部和国家中医药管理局联合下发《"七五"时期卫生改革提要》和《卫生部门加强精神文明建设的九点意见》。

国务院又批转了卫生部、财政部、人事部、国家物价局、国家税务局《关于扩大医疗卫生服务有关问题的意见》。

该文件提出五点意见：

第一，积极推行各种形式的承包责任制；

第二，开展有偿业余服务；

第三，进一步调整医疗卫生服务收费标准；

第四，卫生预防保健单位开展有偿服务；

第五，卫生事业单位实行"以副补主""以工助医"。

文件还特别强调，要给予卫生产业企业三年免税政策，积极发展卫生产业。

这个文件进一步提出，通过市场化来调动企业和相关人员积极性，从而拓宽卫生事业发展的道路。

11月，卫生部正式颁发实行医院分级管理的通知和办法。医院按照任务和功能的不同，被划分为三级十等。这一办法的实施，能够更客观地反映医院的实际水平，同时，也有利于医院在政府的控制下，展开有序的合作和竞争。

1990年5月，卫生部成立《中国卫生发展与改革纲要（1991—2000）》起草小组。此纲要先后草拟了12稿，不断地征求意见，讨论修改。这个过程，对深化各部门对医改的认识有着重要的意义。

到后来的1991年，全国人大第七次会议提出新时期卫生工作的方针：

预防为主，依靠科技进步，动员全社会参与，中西医并重，为人民健康服务，同时把医疗卫生工作重点放到农村。

这可以看作对这一阶段卫生政策的高度总结。这一时期的改革主要关注管理体制、运行机制方面的问题。

当时，昆明市政府决定撤销昆明市卫生服务公司，成立昆明市卫生局后勤服务部，原各家医院划出的人员仍回本院。

作为昆明医改30年见证人和亲历者的张德后来回忆说：

> 虽然昆明市级医院后勤服务社会化改革的探索最后以"夭折"告终，但此后，医院后勤服务社会化改革浴火重生，由昆明市卫生局后勤服务部挑起改革重担。
>
> 昆明卫生改革在"矫枉必须过正、过正必须矫枉"中曲折前进，改革体现了生机与活力。

从1984年到1991年，作为改革"试验田"的昆明市中医医院，先后接待全国26个省78个市的374家卫生行政部门、医疗卫生机构的2547人考察取经，并应邀到8省12市交流卫生改革的体会。

"昆明医改"中最具深远影响的还是管理体制的改革，它对当时国内医疗机构的管理体制来说，堪称一个重大突破。

昆明市卫生局局长认为,改革开放初期,全国都没有一个明确的医改方案。

在这种情况下,昆明市卫生局先后出台了"20条"和"25条"。自此,中国医改有了第一个比较健全的理论体系,为各地医改探索出了一条道路,这一点得到了卫生部的认可。

此后,昆明市的医改始终没有脱离这个理论体系,而且一直在加以丰富和完善。

北京市引领医改前进步伐

20世纪80年代中期，物质文化生活水平提高后，人口的疾病死亡率发生了变化。我国近万家城镇基层医院如何适应模式的转变，从而由医疗型向医疗预防型过渡？北京市东城区朝阳门医院作了初步尝试。

朝阳门医院是一家有252名职工的集体所有制地段医院，地处狭窄的东四灯草胡同。离它不远，有数座大名鼎鼎的一流医院。医院在夹缝里度日，改革前，冷冷清清，入不敷出。

1984年下半年开始，通过对所辖地区7.8万人的医疗、预防和保健需求的调查，全院职工统一认识，加强地段保健科。

在不增加医院总编制的前提下，把原来只有16人的地段保健科改成有44人的预防保健部，承担起传染病管理、计划免疫、企事业单位的卫生监督、妇女保健、儿童保健、中老年保健和家庭病床、精神病防治、健康体检和健康教育等项工作。地段保健科原先只有3名医师，调整后有主任医师2名、主治医师4名、医师14名、医士24名。这些人都是热爱预防保健事业的志愿者。

组织调整后，该院重点抓了预防保健的业务技术管理和人员培训提高，除严格实行岗位责任制外，还按世界卫生组织的规定制定了质量检查考核标准，奖罚分明。要求严了，工作人员学习钻研技术业务的劲头大大提高，他们或到有关院校深造，或请专家来院讲授，缺什么补什么，干什么学什么。

自重点抓了传染病管理和计划免疫后，1986年，这个地区的痢疾发病率比1985年下降33.7%；"四苗"接种率达96.8%，"流脑"接种率达97.4%，进入全国先进行列；全年监督、检查所辖地区集体食堂395户次，结果无一食源性疾患和食物中毒事件发生。

过去管防的不治病，群众对"防"不在意。预防保健部设立了计划免疫、肝炎、儿童缺锌及病症矫治、老龄优疗、精神科等10个门诊后，治中有防，改善了医患关系，受到群众欢迎。该院派出医生与拐棒胡同红医站共建红十字卫生防治站后，门诊量增加了40倍。

由于预防保健部扩充了业务范围，提高了服务水平，财政收入也有了很大的改观。他们1986年平均每月的纯收入达8000元，减轻了国家负担，改善了职工生活，添置了新的仪器设备。

改革使该院防保队伍的地位明显提高。从全面提高业务技术水平考虑，该院规定每2至3年与医疗临床科室轮换，使青年医护人员得到全面发展。当时，许多人主动要求到预防保健部工作。

北京军区所属部分医疗单位积极开发小型医疗技术项目，对一批令大医院棘手、名医挠头的牛皮癣、湿疹、面神经麻痹、痔疮以及小儿麻痹后遗症等常见病的诊断治疗，初步形成了60项富有特色的专科技术。这些项目取得了较好的社会效益，其中获军队科技成果奖项目的占37.8%，有的还获得了国家科技进步奖。

某师医院为了诊治占残疾人总数40%的小儿麻痹后遗症，先后到十几个省市的23所医院拜师求教，博采众长，创建和完善了30多种手术治疗方案，为全国28个省、自治区、直辖市和香港的8600多名患者施行了治疗，总有效率达90%以上。

某团卫生队根据驻地群众皮肤病较多的情况，研制出"平肤优"药物治疗湿疹、黄水疮和牛皮癣等多种皮肤病。他们收到各地患者1.6万封来信，并一一答复、寄药。驻在山沟的268医院，开设了5项"小花"技术。面部磨削整容一项，已收治各地1050人。他们还开展了药物治疗脑囊虫病、覆盖义齿等独具特色的新业务，吸引了许多病人。

这些技术"小花"，项目虽小，却有着很强的发展能力，给这些中小医疗单位的工作增添了新的活力，促进了新业务新技术的开展，练出了各种医疗人才。

由于病人收得多了，医护人员感到有了用武之地，也促进了基层卫生队伍的稳定。特别是为各地的病人提供优良服务，既减轻了社会负担，又较好地解决了经费不足等问题。

1987年2月，北京郊区昌平县有12个医疗单位和外单位联合，协作开展 18 个医疗项目，其中有病床 800 张。这些病床由各单位联合投资，没花国家一分钱。

昌平县委、县政府于 1986 年制定联合办医的优惠办法，欢迎全国各地医疗卫生单位与该县发展医疗、防保的横向联合，允许发展合资联营，或与县医疗单位联合办医。可以集体办，也可以个人办；可以由昌平县出人、对方投资，也可以由昌平县投资、对方出人；对方还可以独立投资，来昌平县办医疗器材、药品生产等企业。对所有为昌平县提供医疗技术、资金、设备的联合单位，由县里负责提供土地和房屋。

在结余分配、提成上，本着互惠互利的原则，给对方提供优惠。凡与昌平县医疗机构联合，并填补昌平县医疗、防保工作空白的单位和个人，视其社会效益和经济效益的大小，给予奖励。

为了吸收更多的医疗卫生技术人员、管理人员自愿到昌平县贫困山区从事医疗、防保工作，县委、县政府确定：待遇从优考虑，包括向上浮动工资。

对应聘来昌平县医疗卫生单位工作的专家、学者、教授、各类技术人才，除根据职称高低、贡献大小解决好待遇外，对取得显著效益的人给予奖励。应聘人员长期在昌平县医疗单位工作的，享受职工同等的劳保、福利待遇，其家属、子女愿意前来就业、入学的，可提供方便，给予适当照顾。

昌平县是北京的郊区县，当时经济发展很快，但医疗事业的发展与人民的需求不相适应，山区缺医少药的情况仍较突出。采取上述优惠办法后，收到明显的效果。

中央在改革医疗的同时，考虑到革命老区看病难的问题，到1987年，中国人民解放军已派出147支医疗队，1240余名卫生技术人员，分赴鄂豫皖、井冈山、海南五指山、左右江、通南巴和陕北一些自然条件差、经济文化事业发展缓慢的15个老区县，为群众防病治病，脱贫致富，支援老区卫生建设，取得明显效果。

解放军医疗队走村串寨，免费送医送药上门，行程80余万公里，诊病46万多人次，还积极培训当地卫生技术人员，为老区留下了一支不走的医疗队。兽医大学组派的兽医医疗队，为金寨县老区治疗5000余头病禽畜、抢救600余头危重病畜。结合该县山多、水面大、地少的自然条件，发展经济食草畜禽，为老区群众脱贫致富打开了门路。医疗队所过之处，群众流着泪说："当年的红军又回来了，红军医生回来了。"

1988年9月7日，北京市试行个体户和个体雇工医疗保险制度，这是北京市在公费医疗改革中从公费医疗向医疗保险形式过渡的一个新的尝试。

北京市当时有个体户10万多个，共16万多人。由于这部分人的医疗保障没有得到落实，因此在我国当时的公费医疗制度管理还不完善的情况下，"一人看病，全家吃药"的现象非常严重，一些本应个人负担的医疗费用也通过亲友转嫁到了国家身上。个体户雇工小病硬挺，大病等解雇，危害了自身和他人的健康。因此，建立个体医疗保险制度已成为公费医疗改革和个体经济发展中势在必行的趋势。

北京市保险公司协同卫生、劳动、工商等部门，准备开设这一新的险种。

个体医疗保险将本着"众人平时少交一点，患病时得到较大补偿"的原则，对患常见病和重病的投保者分别给予部分和全部补偿。年满16岁的个体户均可投保。个体户雇工将由雇工本人和雇主合付保险费用。

各地医疗改革初见成效

1986年4月29日上午,中央书记处书记胡启立在中南海怀仁堂接见全国卫生系统先进模范汇报团。

胡启立深情地说:

> 你们发扬白求恩精神,全心全意为人民服务,为人民群众的身心健康作出了重要贡献,在社会主义精神文明建设中起了模范带头作用,党中央感谢你们,人民感谢你们,并通过你们,向全国的医务工作者表示感谢。

当时,医务工作者的热情高涨,为即将来临的中国医疗体制改革创造了新气象。在改革初期,全国很多地方勇于创新,取得了很好的成效。

1986年,武汉市实行大医院带小医院、各扬所长的办法,建起157个医疗联合体,缓解了大医院"吃不消"、小医院"吃不饱"的看病难矛盾。1986年参加联合体的小医院床位利用率已由原来的40%上升到80%。

包括部属和省辖的医院在内,武汉市有大小医院170多所。由于大医院名医多、设备好,因此大小医院之间负担很不平衡。大的一年四季患者盈门,小的却长期空空荡荡，病床利用率很低。

1986年，武汉市针对这种状况，推广了大医院带小医院、大小医院长短互补的医疗联合体的做法，即大医院与小医院挂钩，派出医生到小医院门诊，或在小医院开设专科，培训人员；小医院则提供医护人员和床位等后勤服务。

当时，云南省偏僻多山的思茅地区活跃着16个医疗联合体，所服务的40多个缺医少药的乡村，疟疾、麻疹等传染病的发病率逐年下降，计划生育工作也得到顺利开展。

思茅地区地处云南省南部山区，曾被称为"瘴疠之乡"。这里的哈尼、拉祜、傣、彝、佤等少数民族大多数聚居在交通不便的偏僻山区，就医难问题一直没有得到解决。虽然农村有不少个体乡村医生，但是技术力量单薄，医疗器械不足，药品短缺，仍然不能满足群众需要。

1983年以来，思茅地区的普洱、景东、澜沧、镇沅等许多县的偏僻山区相继出现了由个体乡村医生自发组合的医疗联合体。他们不要国家一分钱投资，相互取长补短，充分发挥各自的医术专长和优势。这些医疗联合体一般只有2至5人，既有西医又有中医，附设简易病床，除了医治常见病、多发病外，还能施行简单的外科手术和计划生育手术。

澜沧拉祜族自治县新城区和平乡医疗联合体成立后，5个乡村医生共同担负起3个乡近万人的治病防病任务。

这个医疗联合体设有 15 张病床，每天门诊量高达 100 多人次。过去群众看病要跑几十里山路到区卫生院，联合体成立后，当地病人看病又及时又方便。医疗联合体服务周到，收费灵活，病人有求必应。晚上山寨里常有急诊，联合体的医生不管山路多么难走，都要打着手电筒、火把，拄着拐杖翻山越岭赶去治病救人。

河北省人民医院神经科与石家庄市郊区农民合作办起新型医疗联合体 CT 检查中心。大批农民患者拥到城市医院就医，河北省人民医院神经科检测手段落后，又无力购买先进的设备。

1985 年 8 月，这个科与石家庄市郊区的市庄村协商，决定由他们投资 55 万元，医院神经科自筹 20 万元，购进一台头部电子计算机断层扫描仪，在这个村联合创办 CT 检查中心。

这个 CT 检查中心共有 7 名工作人员，其中 3 名是市庄村委派的后勤服务护理人员，4 名为省人民医院神经科负责检查治疗的医生，省人民医院神经科一名副主任兼任这个中心的负责人。"中心"的收入，由省人民医院和市庄村按一定的比例分成。

一年多来，这个中心遵循"一切为了病人"的宗旨，实行 24 小时对外开放服务，对患者不预约，不限号，共检查患者万余人次，平均每天三四十例。

山西省改革无偿供给医疗器械的做法，两年向 84 个县以上医院回收占用费 410 万元，提取折旧费 90 多万元。

医院医疗器械由国家拨款购置、装备和更新的办法，使一些单位养成了"捡来的孩子不心疼"的毛病，忽视对医疗器械的管理、维修。

1985年初开始，山西省变无偿供给为有偿占用，300元以上的医疗器械，县级医院需上交10%、地市级医院上交20%的占用费，防疫、妇幼保健医疗单位和34个贫困县医院暂免。对价格较高的医疗器械，提取一定数额的折旧费。

这一制度的施行促进了医院医疗器械的更新维修能力。一些医院还把器械占用费和提取折旧费同各使用科室挂钩。

江苏省常熟市郊稳定乡村卫生队伍，当时平均每个村有两名乡村医生或保健员，95%以上的村实行了合作医疗。常熟市明确规定，乡村医生的报酬大体相当于村副职干部的水平。当时他们的人均收入已略高于乡村企业职工。常熟市为提高医疗水平，1000多名乡村医生和保健员都经过3次专业培训，绝大多数人通过省级考核，领到了乡村保健医生证书。

常熟市还成立了乡村医生自筹退休保养基金会，会费由个人和集体共同缴纳，入会者到退休年龄后根据从医时间、技术级别享受终生退休金。这项措施受到了乡村医生的欢迎。

采取这些措施后，常熟市绝大部分乡村医生安心本职工作，农民有病能够就地、就近治疗，村级卫生室的就诊人次已达全市门诊总数的 80%。

当时，福建省对省内 11 个贫困县卫生工作现状作了对比分析，制订了扶持贫困地区发展卫生事业 3 年规划。

省、地、市及县卫生部门的领导深入贫困县、乡了解情况，现场办公，解决实际问题，以保证计划的实施。

11 个贫困县选送到省、地、市、县级医院进行深造的各类卫技人员达 400 多人。通过培训，为各贫困乡卫生院开展新业务、应用新技术奠定了基础。305 名来自贫困地区的医学中专毕业生，全部回到了本地工作。

全省统一组织省、地、市 47 个技术力量较强的医疗卫生单位，与 11 个贫困县的卫生机构实行定点挂钩。11 个贫困县的医疗卫生单位同贫困乡卫生院挂钩，建立目标责任制，对口支援，使每个行政村，村村有卫生所，村村有医有药，能治能防。

福建医学院赴屏南县医疗队，采取帮、传、教的方法，帮助当地医生提高医疗技术水平，协助县医院建立了细菌化验室，施行普外、泌尿、妇科等手术，整顿了药剂科，给该县留下了一支不走的医疗队。

省卫生厅给部分贫困县、乡各装备了 50 至 100 毫安的 X 线机、心电图机、B 型超声波仪、13－2 电动离心机和钢丝床，逐步改善贫困县、乡的医疗设备。

1987 年 5 月，山东省 8.85 万个行政村中，有 8.65 万个建起卫生室，占 97.7%；有乡村医生 14 余万名，每个卫生室平均 1.6 名，医疗预防条件有了普遍改善。

这个省开始实行联产承包责任制时，因为缺乏经验和措施，基层卫生组织曾一度涣散。不少卫生室名存实亡，乡村医生改行，农村缺医少药的问题重新严重起来，广大农民很有意见。针对这种情况，各级人民政府和卫生行政部门把卫生室的整顿建设作为一件大事来抓，在解决乡村医生报酬等方面作出了若干政策性规定。

由于领导重视、政策对头、措施得力，村卫生室整建工作取得显著成效。济南、青岛、烟台等9市地已达到村村有卫生室。从1986年开始，这个省还广泛开展了创立甲级卫生室的活动，19%的卫生室达到这个标准。

山东省提出，为如期实现"2000年人人享有卫生保健"的战略目标，就要做到村村有医、有药、有机构，能防、能治、能进行计划生育技术指导。因此，他们将一手抓普及，一手抓提高，争取当年内达到村村有卫生室，甲级室率达到30%至40%的目标。

1987年7月15日下午，卫生部副部长顾英奇就国务院6月29日发布的《医疗事故处理办法》，向记者发表谈话。

当时，全国医疗单位每年门诊接诊约25亿人次，应住院的病人近5000万人次。因医疗设备不足，许多医院超负荷运转，医院和医务人员压力很大；由于少数医疗单位管理不善，一些医务人员责任心不强或技术过失等原因，医疗事故时有发生。在事故处理中，有个别单位不认真追查，对责任者不严肃处理；还有少数病员及家属借口医疗事故而提出过高或无理要求,严重威胁医务人员人身安全,影响医疗工作正常进行。

针对这种情况,顾英奇指出:

> 医疗工作有一定的特殊性,有些事故的发生因素比较复杂,判断性质和处理时往往涉及技术性很强的问题。为了正确处理医疗事故,保障病员和医务人员的合法权益,维护医疗单位的工作秩序,制定一个处理医疗事故的全国性法规是有必要的。

顾英奇介绍说,"办法"按医疗事故的性质,将其分为技术事故和责任事故,前者是以医务人员技术过失为主要原因造成的,后者是以医务人员违反规章制度、诊疗护理常规等失职行为为主要原因造成的。"办法"主要将医疗事故给病员造成损害的程度和后果分为三级。这是正确处理医疗事故所必需的。

"办法"规定,凡对医疗事故调查处理有争议的,可由有临床经验、有权威、作风正派的专家和管理干部组成的鉴定委员会作出技术鉴定。这个结论是事故处理的依据。

"办法"还规定,医疗单位根据医疗事故等级、情节和病员情况,给予一次性经济补偿而不是赔偿,病员因医疗事故而增加的医疗费用由责任单位负责支付。这样规定的原因是，医院是福利性质的事业单位，卫生事业经费有限，医疗尚未按成本收费，事故保险金未能得到解决，又无专项补偿经费拨款。

顾英奇说：

> 对事故责任者的处理，主要依事故的性质和对病员的直接损害，同时考虑当事人应负责任的大小、一贯表现和认错态度，基本由医疗单位或上级单位给予行政处分。技术事故责任者，着重总结经验，深刻检查，免予行政处分。这是因为医疗工作是技术性很强的复杂工作，临床上也没有绝对安全的药物和绝对安全的诊断措施。不少情况下，抢救必须担当风险，处理这类事故，如不切实际，就会使医生增加顾虑、缩手缩脚。同时，也应看到设备、设施的落后和不足，以及处于高负荷工作条件下的医务人员的工作状况。

《医疗事故处理办法》受到人民的欢迎，"办法"颁布以后，各地加快了医改步伐。

当时，湖南省改革农村卫生管理体制，已将80%以上的乡、镇卫生院从县卫生局移交乡、镇人民政府主管，调动了基层政权和广大群众办卫生的积极性。

乡、镇卫生院是农村医疗卫生网承上启下的枢纽。

以前，湖南省的乡、镇卫生院都归县卫生局直接领导和管理，人、财、物权全掌握在县里，乡、镇党委和政府不直接过问。

早在1985年冬天，副省长王向天与卫生部门的同志一道，花了两个多月时间，到湘南、湘中、湘北的6个县调查，感到这种由国家包揽一切、条条为主、条块分割的管理体制，既不利于乡、镇卫生院的管理及发展，又不利于把预防保健工作落实到基层。1986年4月，湖南省委、省政府明确提出：把乡、镇卫生院移交给乡、镇政府主管，建立起一种"县、乡两级管理，以乡政府为主"的新型管理体制。

省卫生厅负责人说："现在各乡、镇普遍确定了一名党委副书记或副乡长主管卫生工作，许多乡、镇政府把建设好卫生院纳入乡村发展规划，争相投资改善房屋、设备等条件。连年亏损的株洲市郊区荷塘铺乡卫生院，原来只有460平方米房屋和简单的医疗器械，业务量很小，处于"半死不活"的状态。乡政府主管卫生院后，先后拿出50万元，为卫生院新建医疗、生活用房2760平方米，开设正规病床100张，装备了心电图机、B型超声波仪、200毫安X线机和生化检验等设备，还采取优惠政策引进卫生技术人才，选派医务人员到外地进修。全院医疗技术水平显著提高，业务量比改革前上升五六倍。"

乡、镇政府主管卫生院后，立即着手整顿健全村级卫生组织，并从各地的实际出发，分别采取按完成防保任务的量和质核定补助、考勤考绩误工补贴、有偿服务和按人头提取少量费用等多种办法，既消除了办"合作医疗"时吃"大锅饭"的弊病，又解决了"合作医疗网"解体后一直无法落实的防保报酬。据不完全统计，1986年各地新建村卫生室或医疗保健站2700多个，使全省85%以上的村都有了卫生组织。

县卫生局将乡、镇卫生院移交后，从过去忙于解决日常琐事转为集中精力抓业务建设，定期对全县医务卫生人员组织业务培训，进行业务检查指导。各县举办正规中等卫生职业技术学校，招收农村初中毕业生，学制3年，自费读书，不包分配，培养能防能治、能医能药的乡村医生。

1986年9月，全省首批31所中等卫生职业技校开学，招生1500多人。省教委已将这类学校纳入职业技术教育系列。

吉林市重视发挥私人诊所的作用，采取积极扶植、正确引导、加强管理的方针，使全市400多个私人诊所越办越好。

当时，吉林市有城乡人口近400万。这个地区的慢性病患病率高于全国平均水平，每天大约有30万人次看病，全市乡以上的240所医院远远不能满足群众看病的需要。在改革的大潮中，一批私人诊所先后建立起来，对于方便群众看病、促进医疗保健事业发展发挥了很好的作用。但是，也有少数私人诊所变相高收费、弄虚作假，坑骗群众、牟取暴利的事时有发生。

针对这些问题，吉林市卫生局把私人诊所的医生组织起来，开展政策教育，提高他们的思想觉悟；对于那些坑害群众、屡教不改的个体医生，吊销开业执照、停止行医；对于能及时改过的个体医务人员，让他们现身说法宣讲职业道德。

吉林市卫生局把个体医生组织起来以后，还确定专科带头人，举办专科学习班，提高他们的医疗水平。

合同制职工在解除劳动合同后，医疗有困难怎么办？鞍山市当时实行了合同制职工互助医疗保险办法，全市已有20个全民企业的4000多名合同制工人参加了保险，共筹集保险金1.8万元。

鞍山市在贯彻国务院改革劳动制度的四项规定时，发现非因公负伤或患病的合同制工人在医疗期满不能从事原工作而解除合同以后，医疗困难较大。于是，决定建立合同制工人互助医疗保险。这种保险，可以缓解或减轻合同制工人解除合同后的医疗困难。

互助医疗保险取之于民，用之于民，不增加国家和企业的负担。参加保险的合同制工人每月缴纳保险金5元，缴足50元为止。这项金额存入银行，以利息作为职工的医疗保险基金。参加保险的合同制工人，在患病或非因公负伤被解除合同时，可从这项基金中发给一次性补助费。

这种劳动保险的补充形式，受到了合同制工人的欢迎。拥有2万多名合同制工人的鞍山市，当年开始在全市推广合同制职工医疗保险。

1987年9月，长沙市岳麓山乡试办了合作医疗保险，让农民病有所医，受到了农民的欢迎。

这个乡的办法是：常住农村人口均可参加保险，投保人每年交纳保险费3元，乡村资助3元。一人一次性医疗费在100元以下的可报销40%，遇大病年补偿金额可达600元，当年投保，当年受益。这种办法，使农民在患病、致伤时能得到一定的经济补偿，在一定程度上解决了因疾病而造成的家庭经济困难和因困难有病不能及时治疗的问题，受到了农民的欢迎。

试点单位茶子山村几天之内村民们几乎全部投保。

当然，医疗改革不是一帆风顺的，也遇到过一些问题。

1988年5月7日，《人民日报》第五版发表《未见病历的药品哪里去了》的来访纪要，批评了北京军区251医院有关医生为病人乱开药的问题。此后，一些医务界的专家、教授来信，就这种乱开药的不正常现象谈了自己的看法。

有人指出：公费医疗是社会主义保证人民健康的一种福利措施，我们责无旁贷地要维护公费医疗的规章制度。然而我们医务人员中的少数人钻公费医疗管理中的空子，搞损公肥私之事。例如，不坚持用药原则和报销制度，拉关系，送人情，慷国家之慨。这样就加剧了公

费医疗药费超支,极大地破坏了公费医疗制度。

还有人指出:我们有些中医同志开方超出病情需要,开大处方、贵药,一张处方就开有人参、鹿茸、海马、蛤蚧等,结果是肥了药房,坑了公家和病人,希望政府部门查一查,管一管。

三、深化改革

- 陈敏章说:"我从来就不赞成把医疗卫生的经济指标直接承包到医务人员个人。"

- 陈敏章指出:"卫生事业是公益性的福利事业,卫生事业的根本出路在于深化改革。"

- 卫生部医政司司长于宗河说:"经济领域的做法不能简单移植到卫生服务上,如果忽视这一点,就会导致什么环节赚钱资源就往哪里投。"

陈敏章阐述卫生改革方向

1988年1月20日，全国卫生厅局长会议在北京召开。在这次会议上，卫生部部长陈敏章透露：我国卫生部门将在1988年深化改革，进一步放宽开展业余服务、预防保健有偿服务、超额劳务提成的政策，通过单位创收改善知识分子待遇。

陈敏章说：

要允许开办与卫生事业有关的产业，实行"以工助医""以副补主"等政策。各级卫生机构在保质保量完成承包任务的前提下，超定额的服务收入和业余时间集体组织的医疗服务创收部分，在扣除物质材料消耗后，其收入由单位自行分配，主要用于改善知识分子的待遇。

他说，应当允许部分医务人员靠技术和优质服务、靠善于经营和改善管理的技术性劳动，获得正当报酬。

陈敏章还说，从社会主义初级阶段医疗保健实际需求来看，多种办医形式会有助于向人民提供更多的优质服务，分配形式也要采取多种办法，体现按劳分配、多劳多得原则。他重申，卫生机构实行以公有制为主体的多种所有制和更好地体现按劳分配、多劳多得的分配制度，是调动各方面办医积极性的一项长期政策。据了解，现行门诊、住院、手术等项目收费标准仅相当于成本的三分之一左右。国家对卫生机构的补贴占医院全部支出的四分之一左右。

陈敏章指出，继续理顺价格体系，合理制定收费标准，对于新设备、新项目和低值易耗的医用消耗品实行按成本收费，高技术、高消耗服务应体现优质优价，并根据医用商品物价指数的升降适时进行调整，仍是卫生改革中一个需要研究的问题。

1月24日，历时5天的全国卫生厅局长会议在北京结束。会议的议题之一，是我国发展卫生事业的方针，国家包得多好还是少好。有人认为国家包得多，是社会主义优越性的体现；有人则认为这个观念要转变，因为它助长了等、靠、要的依赖思想，压抑了卫生界的创新精神。

会议经讨论后提出：允许开办优价病房，实行优质优价，这是我国卫生改革为理顺医疗服务价格体系、制定合理收费标准而将要施行的新办法。

会议还提出：在保质保量完成定额工作量的前提下，要支持和鼓励医疗卫生保健人员利用业余时间开展业余服务，更好地体现按劳分配、多劳多得的分配制度。

在当天的总结会上，卫生部副部长何界生在讲话中强调了卫生工作的一些观念需要变革。

当时，社会上和卫生系统内部对卫生改革的议论很多。在当天结束的全国卫生改革报告会上，卫生部部长陈敏章对此谈了一些看法。

陈敏章说：

> 我认为卫生单位实行承包是可行的，但关键是承包的效益应反映在社会效益和经济效益两方面，宗旨是应让群众得到更多更好的优质服务。当前，有些单位只突出经济承包而不顾其他，这是对承包的错误理解和片面认识。我从来就不赞成把医疗卫生的经济指标直接承包到医务人员个人。

对有些医疗单位巧立名目乱收费问题，陈敏章指出：我们对医院都有基本的正常服务要求，不能所有服务都另收费。但也要看到，我国长期以来不少医疗项目收费存在不合理的状况。1985年，卫生部和财政部、物价局曾联合对医疗成本和医疗收费情况作过调查。结果是：门诊收费只够门诊成本的29%（不含工资的成本），住院收费只够成本的36%，手术费仅占成本的40%。现在，各种医用材料都在涨价，使有的医疗单位对一些服务项目采取分解收费的办法，可以获取一部分补偿。这种分解收费的办法，有些是合理的，有些是借分解搞不正当收费。没有医疗收费的合理调整，改革中医疗机构的运行就会受阻，因为干得越多，亏损就越多。

对开大处方问题，陈敏章说：据他了解，总的比例很小，最多不超过3%。但一张不合理的大处方，对社会影响很大，必须加强监督，尽量杜绝。

陈敏章认为：医务人员适当地兼职有利于充分发挥技术骨干作用，但兼职应有一定限度，应以完成本单位的岗位责任和任务为前提。高年资医务人员的岗位责任中，应有培养年轻人才的任务。

谈到一些医务人员吃请、收礼拿红包、收回扣等问题，陈敏章说："这类事是存在的，面多大？吃请收礼的情况很复杂，一时不易查清。虽然以技术或医疗权进行敲诈勒索的医务人员是极少数，但一经发现，我们就要坚决查处，公之于众。"

陈敏章强调，改革促使我们转变管理职能，今后除医疗机构内部有监督管理体系，还应聘请社会群众协助监督。医务人员的职业道德教育一定要制度化，这是职业特点决定的。人家把幸福、安危都交给我们，我们的一举一动都关系着医疗队伍整体和卫生改革的声誉。

中央会议催发医改浪潮

1992年春,邓小平发表南方谈话后,中国共产党召开了第十四次全国代表大会,确立了建立社会主义市场经济体制的改革目标,掀起了新一轮的改革浪潮。

在当年1月12日召开的全国卫生工作会议上,卫生部部长陈敏章指出:

> 卫生事业是公益性的福利事业,卫生事业的根本出路在于深化改革。卫生管理体制的改革要同社会医疗保健制度的改革配套实施,动员全社会共同投入。

1991年,为落实《我国农村"2000年人人享有卫生保健"的规划目标》,全国有20多个省、市、自治区制定了初级卫生保健规划目标。广东省政府明确要求市、县政府,卫生事业费拨款要占财政年度支出的8%以上;山东主管省长与16个地、市的专员、市长签订了实施初级卫生保健目标责任书;湖北以开展合作医疗为"龙头",以"初保"规划为目标,创建"卫生先进县"活动,全面推进农村卫生工作;全国250个初级卫生保健试点县，大部分完成了中期考评，为全面示范推广提供了成熟经验。

各省、自治区、直辖市政府都采取了动员社会力量，集资建设农村基层卫生机构的办法，取得明显效果。据不完全统计，全国已集资5亿多元。经济较落后的甘肃平凉地区，77所乡卫生院也面貌一新；各地城市支援农村卫生工作的活动广泛开展，许多医疗卫生单位利用设备、技术和人才的优势，定点派医疗队、无偿转让仪器设备、代培人员、兴办城乡联合体，使农村卫生工作欣欣向荣。

为了指导和规划十年卫生事业与社会经济协调发展，为全国人民健康服务的纲领性文件《中国卫生发展与改革纲要》，1990年起草小组经过多次修正和补充，特提交到卫生工作会议上讨论。会上还研究部署了当年的卫生工作。

医改在这一背景下再次提上日程。同年9月，国务院下发《关于深化卫生改革的几点意见》。

根据这个文件，卫生部要求：我国卫生事业是公益性的福利事业，支持有条件的单位办成经济实体或实行企业化管理，做到自主经营、自负盈亏。要求医院在以工助医、以副补主等方面取得新成绩。

卫生部部长陈敏章在华东七省市卫生厅局长座谈会上说：

如果等一两年，其他部门、行业各种产业都搞起来了，甚至你自己的领地都被人家挖走了，市场、群众就不需要你的产品了。

卫生部医政司司长迟宝兰要求：

医院要在"以工助医""以副补主"等方面取得新成绩。

此后，点名手术、特殊护理、特殊病房等新事物涌现，医院"创收"热情高涨，政府的财政投入比重相应降低。

这种急功近利的改革曾经短期见效，但弊端很快显现出来。"看病难"未能有效缓解，"看病贵"引发的问题相继出现，同时，原有的医疗保障制度难以为继。

这样的医改，在给患者提供了更多选择、更好治疗的同时，也让各种不良现象纷至沓来：

一些医生开大处方，多用高新仪器检查，医院乱收费，医院和药商间的药品回扣，医务人员和患者间的"红包"，虚假广告，胡乱诊断，医疗责任事故频发，医患关系紧张，等等。

1993年，投身于医疗器械生意的李某，按"行规"

给医生和医院提成,转眼间暴富,积下数千万元身家。他说:"这医药一放开,不知造就了多少百万富翁。"

普通市民张海涛谈了自己的想法,他说:"任何改革思路,如果将消费者抛在一边,而单纯追求比如公立医院和民间资本、医院和药企、医疗系统和卫生系统之间的利益调整,便注定不是最佳的选择。我觉得应该把消费者建议纳入重要组成部分,比方说医院病房市场化运作,医院可以采用招标形式来进行市场化运作,这也许可以缓解买药贵、看病贵的问题,再就是市场化运作之后,显然就会出现药厂直接和药房管理者来对话,免去那些'二倒手',这样药价就会减下来,使得消费者真正得到医改的实惠了。"

在这样的情形下,一些刚刚建立并大打优秀服务理念和服务质量牌的民营医疗机构受到患者青睐,民营医院开始进入老百姓的眼中,也直接带来了民营医疗市场的兴起。

正是在这一阶段,卫生系统的内部争论围绕"医院是不是掉到钱眼里"、围绕政府主导还是市场改革两种思路开始针锋相对。

在卫生部内部,政策法规司和医政司成为两种意见的代表部门。按照程序,政策法规司负责起草文件,那是部长的秘书班子,负责的是宏观思路,而医政司主要抓医院管理,负责的是实务。

卫生部医政司司长于宗河说：

> 经济领域的做法不能简单移植到卫生服务上，如果忽视这一点，就会导致什么环节赚钱资源就往哪里投，谁钱越多谁就能享受越好的医疗服务，而无法顾及医疗的大众属性和起码的社会公平。

针对医院注重效益而忽视公益性的倾向，卫生部门内部也展开了一系列争论。争论集中爆发于1993年5月召开的全国医政工作会议上。

时任卫生部副部长的殷大奎明确表示反对市场化，要求多顾及医疗的大众属性和起码的社会公平。

一个颇有意思的插曲是，这次卫生会议的争论甚至传到国外。哈佛大学教授萧庆伦闻讯后，即刻从美国飞到中国，专程向卫生部部长陈敏章进谏：

> 中国千万不能走美国的路，美国医疗业的商业化太严重了，普通美国人苦不堪言。

此时，究竟医疗界出现了什么状况，导致这么大的争论？卫生部医政司司长于宗河发表在新华社内参中的文章，呈上了国家领导人的案头。

医药产业资讯杂志社副社长张浩臣当时在河南的一家公立医院工作。他后来回忆道：

那个乱啊，办民营医院就像办乡镇企业，公立医院就到处合作办专科，医生专家就到处走穴。

1994年2月，国务院发布《医疗机构管理条例》，条例最后一条指出：

第五十五条　本条例自1994年9月1日起施行。1951年政务院批准发布的《医院诊所管理暂行条例》同时废止。

"条例"对医疗机构的规划布局和设置审批、登记、执业、监督管理以及相关法律责任进行了规定，将医疗机构执业管理工作纳入法制轨道。

推行农村合作医保制度

1994年1月25日,针对"今年我国医药卫生领域要为民众干哪些实事"的问题,各省、市、自治区和许多计划单列市卫生及中医药主管部门负责人,在北京研讨。

国务委员彭珮云听取了各方面意见和反映,并传达了国家领导人对医药卫生工作的关心和建议。

大家认为:"三保三放"仍是卫生改革的原则。"三保"即保住基本医疗、保住农村、保住预防保健;"三放"即放开特需服务、放开城市和放开医疗康复。"保"与"放"同步进行,该保住的要保好保活,该放开的要制定相应的宏观调控政策,使之规范化和健康发展。

农村卫生工作仍是以全面落实初级卫生保健为重点,主要是加强三级医疗预防保健网、农村医生队伍建设、合作性质为主体的医疗保健,强化政府责任并适当增加投入。

会议指出:

1994年将再有百分之十至百分之十五的乡卫生院和县级防疫站、妇幼保健机构设施条件得到改善;还要鼓励和支持广大农民群众依靠集体经济和群众自愿筹资、互助共济办卫生服务设施，扩大行政村卫生覆盖率。

当时，国家中医药管理局要在积极争取各级政府支持的同时，引导社会的、民间的、海外的多元化中医药事业投资；中医药将全面参与乡、村两级的医疗、初级保健、健康教育，普及适宜技术，实行"土洋结合"；中药材的生产将加强宏观调控，防止重工轻农的倾向，防止药材生产的放任失控所出现的大起大落。

党的十四届三中全会"决定"和八届全国人大二次会议政府工作报告都明确提出，要发展和完善农村合作医疗制度。如何总结历史经验，按照建立社会主义市场经济新体制的要求，加快农村卫生体制改革，建立和发展农村合作医疗保健制度，是关系到9亿农民保健康、奔小康的紧迫问题。为此，国务院研究室和卫生部组织了部分专家，对我国如何加快农村合作医疗保健制度的改革和建设，进行了专题研究。

我国农村合作医疗起源于20世纪40年代陕甘宁边区的"医药合作社"。当时，边区农民靠"凑份"的办法互助解决看病困难。新中国成立后，伴随农业合作化运动，合作医疗逐渐兴起。

1968年，毛泽东批示推广湖北长阳县乐园公社办合作医疗的经验，合作医疗在全国迅速发展；到1979

年，全国90%以上的生产大队办起了合作医疗。20世纪80年代，农村经济体制发生重大变化，合作医疗由于没有及时地进行改革和完善以及缺乏集体经济的支持而跌入低谷；到1989年，农村实行合作医疗的行政村只占全国行政村的4.8%；后来有所重建，也只有10%至15%。

1992年9月10日，在西宁闭幕的全国卫生计划工作会议上，大家指出：为逐步缩小地区差别，今后乡镇卫生院和基层预防、保健等三项建设要在资金、项目等方面向老、少、边、穷地区倾斜。

此后，全国三项建设方面共筹集资金超过8亿元，其中用于预防、保健建设的2亿多元，乡镇卫生院改造完成2500多所，预防、保健机构改造完成250多所。1992年正在进行的改造项目共6600多个，其中预防、保健机构860多所。

卫生部副部长何界生在这次会议上说，为实现卫生工作战略重点向农村和预防保健转移，整个卫生部门正在把三项建设作为加强农村卫生工作的一项大系统工程来抓。她说，三项建设在我国虽已有了良好的发展势头，但全国各地进展很不平衡，尤其是老、少、边、穷地区发展比较缓慢。

针对这一实际，卫生部提出今后中央和上一级政府在资金投入上将增加专项资金、降低资金配套比例，在项目落实上多安排计划项目，体现对老、少、边、穷地区的重点扶持。

虽然20世纪90年代农村经济取得了较快发展，但是，合作医疗的解体使不少地方的农民再次出现看病难。一些原来已被消灭或控制的地方病、传染病再度发生甚至流行，庸医、卖假药者和各种封建迷信乘虚而入。农民负担明显加重，因病致贫、因病返贫现象屡屡出现。

到1994年，全国85%的县都有一种或几种地方病，病区人口约有4.2亿，现症病人达6000多万。特别是在老、少、边、穷地区，疾病实际上已成为影响农村社会经济发展的一个制约因素。因此，重新提出建立和发展农村合作医疗保健制度具有现实意义。

在各级政府的领导下，有关部门互相配合，不断增强广大农民的健康意识，引导他们积极参与，尽快在全国推行农村合作医疗保健制度。

政府采取多种方式积极引导，宣传教育，典型示范，凡是有条件能快的地方尽可能快一些发展；暂时不能快的，则积极创造条件逐步加快发展。

新时期建立农村合作医疗保健制度必须坚持"政府领导、集体扶持、预防为主、多方筹资、因地制宜、量力而行、科学管理、民主监督"的工作方针。

各级政府把这项工作作为加强农村工作的重要内容，

国家和集体给予必要的投入；积极开展初级卫生保健和各项防疫保健工作，把农村常见疾病控制在初发阶段，防患于未然。

1995年1月16日，卫生部公布"国家卫生服务总调查"结果，与8年前相比，我国城乡医疗服务条件有大改进，城乡居民健康保健意识有所提高，对卫生服务的需求明显增加；疾病模式正由感染性、传染性疾病向非传染性、慢性疾病转变。

调查结果表明，自1986年以后的8年是新中国成立以来我国卫生事业发展最快的时期。

历时2年、有4000多名专业人员参加的这项大型抽样调查，在我国尚属首次。与8年前进行的"我国城乡医疗服务调查"结果相比，从接受医疗服务来看，城市居民的门诊两周就诊率增加了35.9%，农村居民的门诊两周就诊率增加了63%，全国门诊人次达到53亿。

8年中，我国居民患慢性病的病别发生了明显变化。在2.04亿慢性病现症病人中，循环系统疾病、肿瘤、内分泌营养代谢性疾病、运动系统疾病的患病率大幅度上升；感染性疾病、传染病、寄生虫病等患病率明显下降。

卫生部部长陈敏章因此强调，当前，我国卫生事业虽有长足发展，但卫生资源总体上仍是既投入不够、配置不合理，又利用不足、效率不高，应当引起各级卫生行政部门的高度重视。

各地健全医疗保险制度

1994年8月,中国人民保险公司黑龙江省分公司肇州县支公司开办了教师疾病住院医疗保险。这个险种规定,每个参加保险的教师年交保险费40元,保险公司承担1000元的住院医疗责任,住院医疗费用超过1000元的由县教委从公费医疗费中支出。

当时,该县有1000多名教师参加了这项保险,有17人因病住院,保险公司赔付近万元。

肇州镇第二小学一位45岁的女教师因急性肾炎住院,保险公司立即支付1000元。不久,这个险种在黑龙江省的几个贫困县得到推广。

随着医疗改革在全国开展,很多老百姓都体会到了医疗保险的重要性。

李国龙是沈阳市康平县高二学生,1993年11月突患白血病。父母卖掉了拖拉机和5间瓦房,八方举债,四处求医,不到一个月就耗资3万元。不幸中的大幸是,康平县高级中学为全体学生办理了学生幼儿住院医疗保险。县人寿保险公司雪中送炭,两次预付医疗费共4.26万元。

到1994年11月,李国龙已基本治愈,重返他日思夜想的校园。

为了保障青少年儿童的健康成长，减轻其住院医疗给家庭和社会造成的经济负担及不安定因素，上海、沈阳、北京等人保公司率先试办了这一险种，中国人民保险公司从1995年起普遍推开。

住院医疗保险是平安保险的附加保险。换言之，只有在投保后者的基础上，才能附加投保前者。凡在校的学生和在园的幼儿，都可以作为住院医疗保险的被保险人。保险期限为一年，期满续保，另办手续。在校学生每人每年交保险费20元，幼儿园儿童交30元。如父母方能报销一部分医疗费用，则按人保公司承担剩余部分的比例，交纳相应的保险费。

1995年1月8日，北京市决定在全市城镇企业实行大病医疗费社会统筹，以保证职工患大病时能得到基本治疗。这不仅解决了企业间大病医疗费用负担畸轻畸重的矛盾，也加快了医疗保险制度整体改革的步伐。

当时召开的第四十七次市政府常务会通过的《北京市城镇企业职工大病医疗费社会统筹暂行办法》规定：职工患病、非因工负伤一次性住院治疗或连续30日内累计医疗费用超过2000元的属于大病统筹范围；其原则是，互助互济，风险共担，保证基本医疗，克服浪费，体现国家、企业、个人三者合理负担医疗费；本着"以支定收，略有结余，留有部分储备"的精神进行筹集，建立区、县大病统筹基金和全市大病统筹调剂基金。

北京市实行的这项改革，促进了医疗保险的社会化。

1995年2月，经过近10年努力，西北地区以职工养老保险社会统筹为主进行的社会保障制度改革取得重要进展，已初步形成包括职工养老保险、失业保险、医疗保险、工伤保险和职工生活福利在内的社会保险体系。社会养老保险是西北地区进行得最早，也是当前收效最大的社会保障改革内容。

从1992年开始，陕、宁、青、甘四省区陆续实现养老保险从县市级统筹向省级统筹过渡。医疗保险和工伤保险也已开始在一定范围铺开。

从1993年开始，陕西省在黄龙、韩城等10多个县积极推行职工大病医疗费用社会统筹工作；宁夏银川市开展工伤保险基金社会统筹工作，全市有704个企业的11万多人参加工伤保险。

召开全国卫生工作会议

1996年12月9日至12日,全国卫生工作会议在北京召开。这次会议是新中国成立以来由党中央、国务院召开的第一次全国卫生工作会议,是一次重要的会议。此次会议为下一步卫生改革工作的开展打下了坚实的基础。

中共中央总书记江泽民出席开幕式并作了重要讲话,卫生部部长陈敏章在会上作了《深化改革 加快发展 开创卫生工作新局面》的报告。

会议讨论了《中共中央、国务院关于卫生改革与发展的决定》。

"决定"指出:

针对严重危害我国人民健康的疾病,在关键性应用研究、高科技研究、医学基础性研究等方面,突出重点,集中力量攻关,力求有新的突破,使我国卫生领域的主要学科和关键技术逐步接近或达到国际先进水平。

1997年1月,中共中央、国务院出台《关于卫生改革与发展的决定》，明确提出了卫生工作的奋斗目标和指导思想。

"决定"提出了推进卫生改革的总要求：

> 在医疗领域主要有改革城镇职工医疗保险制度、改革卫生管理体制、积极发展社区卫生服务、改革卫生机构运行机制等。这些指导思想成为这一轮改革的基调和依据。

> 举办医疗机构要以国家、集体为主，其他社会力量和个人为补充，积极拓宽卫生筹资渠道，广泛动员和筹集社会各方面的资金，发展卫生事业。

这两份文件的出台，在政策上坚定了很多业外资本投身民营医疗的信心，也激活了已在萌芽状态的民营医疗市场。

这个阶段仍是在改革探索中，伴随着医疗机构市场化的是与非的争议，各项探索性改革仍在进行。总体来看，改革探索缺乏整体性、系统性，一些深层次的问题有待下一阶段解决。

在这当中，最有争议的便是辽宁海城的医院产权改革。

早在20世纪90年代中期，辽宁海城就开始了乡镇卫生院的转制。1997年底，海城市第五次党代会明确提出，要在全市范围内开展新一轮"思想解放大讨论"。

经过各单位和部门几个月的思想解放动员讨论，到1998年初，一场浩浩荡荡的改革拉开帷幕。

1998年3月21日，海城市委、市政府召开有镇局领导参加的"政府职能界定暨资本运营工作会议"。这是一次有关"资本运营"的动员大会。

副市长冯晓光在讲话中谈道：

> 我们想把一切可以推向市场的社会资产，全部推向市场，一切可卖的全部卖掉。例如：公有和社会资产中各类企业的产权和股权；政府办公设施；医院、影剧场、游泳馆等文化、教育、体育、卫生系统的各类资产……全面推向市场。

海城市毛祁镇医院院长谭玉学还记得该院转制前的情形，那时毛祁医院的名称为毛祁卫生院，是集体所有制性质。

谭玉学后来回忆说：

> 20世纪80年代时政府的财政拨款也没有完全到位，不及时，但还能保证。那时没有什么

竞争，卫生院每年还能有些节余。

到了90年代初，卫生院职工工资调高，而收入开始下降，政府的财政拨款也逐年降低，于是出现入不敷出的局面。

到1996年，毛祁卫生院已经拖欠了职工21.6万元工资。当时卫生院共有在编职工26人，外加临时工6人，但每天来上班的只有五六个人。村民有病多去附近诊所医治，而这些诊所大多为卫生院职工所开。

毛祁镇政府卫生助理、卫生站站长马永平也记得当时的窘境，他回忆说：

卫生院换了几次院长、书记，越换越不行。后来经过镇委、镇政府研究决定，毛祁镇卫生院开始招标出售，进行产权转让。

政府为此成立了评估小组，对毛祁镇卫生院进行了估价，然后以30万元的底价向社会公开招标。

包括卫生院的两名职工在内，共有4个人参加了投标，最后谭玉学以36.1万元的价格中标。

在毛祁镇出售卫生院之前，海城市还有一个中小镇，其党委也对所属卫生院进行了变革，他们出售的是卫生院的使用权。

这种行为，引起了强烈的反响，《海城市报》事后的报道称：

> 医院属于公益性事业单位，不能转制，否则卫生防疫、计生检查等事情谁来办？

其实，早在医院改制之前，海城市对卫生局局长一职就进行了公开竞聘。

一个叫侯春艳的基层干部击败3个对手，赢得了这一职位。侯春艳上任后不久，就开始了对医院的"资本运营"。海城市妇幼保健医院首先被推上了前台。

之所以首先选择这里，侯春艳在接受《海城市报》记者采访时说：

> 市妇幼保健医院由于管理不善，人员臃肿，社会效益和经济效益都不好，职工多年没有发放全额工资，今年3月份，只发放工资的60%。这样的医疗机构已不能完成我市的妇女、儿童的就医和保健工作，是政府的一个沉重包袱……进行大刀阔斧的改革，才是妇幼保健院的唯一出路，也是医疗卫生事业的出路。

1998年4月13日，部分在班医护人员被召集到院会议室，他们从会上得知了妇幼保健院将被卖掉的消息。会议由侯春艳局长主持。

参加会议的一位医师回忆道：

> 侯局长说，现在全国的改革形势都是摸着石头过河。我们现在搞资本运营，将来医院都得私营，不存在全民和集体性质。我到卫生局，一定大刀阔斧搞一把，咱们在全国先走一步，卖完妇幼保健院，再卖中医院和中心医院，然后把咱的成绩向全国推广。

在这次会议之后的第二天，该院就开始停业，并将医疗设备就地封存。第三天，除了保健科几名人员留了下来，其他人都被解散。

4月28日下午，海城市资产经营总公司对妇幼保健院进行公开竞价出售，大连南宇集团以364万元的价格竞买成功。

辽宁海城的医院改革终于引起了相关部委的关注，一场大的医疗改革在全国展开。

1998年5月5日，《健康报》头版头条刊登了题为《拍卖医院不是改革方向——卫生部负责人答记者问》的报道。

这位卫生部负责人在接受采访时说：

去年年初发布的《中共中央、国务院关于卫生改革与发展的决定》指出：我国卫生事业是政府实行一定福利政策的社会公益事业，公立医疗机构是非营利性公益事业单位。

因此，全民所有制医疗机构在产权制度改革中，不能简单地与中小企业画等号。对于某些地区"出售""拍卖"公立医院的做法，卫生部的态度是明确的，那就是公立医院不能拍卖，也不能出售。

大连南宇集团后来放弃了入主妇幼保健院。但海城市的医院拍卖并未就此终止，资产经营总公司随后将妇幼保健院卖给了一个叫白春柳的人。

接下来，集体所有性质的辽宁省内名牌医院——正骨医院，也被该院院长苏玉新以1700万元购得。

到这一年的年底，西柳、英落、王石等18个镇级医疗单位也进行了改制。

计划中的另两所公立医院——海城市中心医院和中医院的产权转让，却一直耽搁了下来。

海城市拍卖公立医院的行为在当时是石破天惊之举，中央电视台在得知消息后，对此进行了报道，报道引起了中央的关注。

卫生部专家咨询委员会委员孙东东说,时任国务院副总理的李岚清作了批示,卫生部为此专门前往海城调研。孙东东也参与了此次调研。

调研报告作了否定性的结论,海城市卫生系统的"资本运营"被叫停。

公立医院产权制度改革引争议

2000年2月,为贯彻《中共中央、国务院关于卫生改革与发展的决定》的精神,国务院办公厅转发国务院体改办、卫生部等八部委的《关于城镇医药卫生体制改革的指导意见》。由此,医改全面启动。

此次医改的主要措施包括:

将医疗机构分为非营利性和营利性两类进行管理,营利性医疗机构医疗服务价格放开,扩大基本医疗保险制度覆盖面,卫生行政部门转变职能,政事分开,实行医疗机构分类管理,公立医疗机构内部引入竞争机制,放开管制,规范运营,改革药品流通体制,加强监管,实行医药分家等。鼓励各类医疗机构合作、合并,"共建医疗服务集团、营利性医疗机构医疗服务价格放开"等。

在上述配套文件出台后,国家和地方才有了一些改革举措,各地方政府也开始积极行动起来。

无锡市政府批转《关于市属医院实行医疗服务资产经营委托管理目标责任制的意见(试行)的通知》,提出了托管制的构想。

《上海市市级卫生事业单位投融资改革方案》也随之出台，这也是产权化改革的探索，有关部门在地方进行"医药分开"的试点，按照"医药分家"的模式将药房从医院中剥离，但未获得重大进展。

江苏宿迁公开拍卖卫生院，拉开了医院产权改革的序幕，共有100多家公立医院被拍卖，实现了政府资本的退出。

2004年，全国政协举办的医改研讨会召开。时任卫生部政策法规司司长的吴明江在会上说，在医疗体制改革中，政府未来将只举办部分公立医院。

国务院法制办公室科教文卫法制司副司长宋瑞霖公开披露：

> 《医院体制改革指导意见》正在制定，有望在几个月内出台，这个意见的中心思想是，医院改革要走产权改革的道路，国资将逐步退出公立医院。

一时间，对公立医院进行拍卖为主的产权改革呼之欲出。2005年1月，在全国卫生工作会议上，国务委员吴仪对此作出批示：

> 解决群众看病难、看病贵的问题需要标本

兼治，综合治理。

国务院总理温家宝也在十届全国人大三次会议上提出了要切实解决群众看病难、看病贵的问题。为此，卫生部开始尝试制定《关于深化城市医疗体制改革试点指导意见》。

2005年被确定为医院管理年，此活动对于促进医院端正办院方向，牢记服务宗旨，树立"以病人为中心"的理念，规范医疗行为，改善服务态度，提高医疗质量，降低医疗费用，发挥了重要作用。

为此，卫生部发布了《医院管理评价指南》，细化了医院的评价指标。

卫生部副部长马晓华曾经发表讲话，严厉批评了当时公立医疗机构公益性淡化、过分追求经济利益的倾向，并且着重强调："应当坚持政府主导，引入市场机制。产权制度改革，不是医疗制度改革的主要途径，我们决不主张民进国退。"

卫生部下属的《医院报》头版头条刊出了卫生部政策法规司司长刘新明的一次最新讲话，其标题特别醒目：《市场化非医改方向》。文中指出：

当前医疗服务市场上出现的"看病贵""看病难"等现象，根源在于我国医疗服务的社会公平性差、医疗资源配置效率低。要解决这两个难题，主要靠政府，而不是让医疗体制改革走市场化的道路。

当时有不少人提出，我国城市医改目标是医院产权改革、走市场化的道路。刘新明不同意这种说法，他说：

> 将来的医院肯定要进行产权改革，以后可分为三类，一类是政府所属的医院，政府不但要管医院，还要再办一些医院；一类是社会非营利医院；还有一类是营利性医院。政府所属医院应是主导，政府医院与社会非营利医院要成为卫生服务体系的主体，以此来体现卫生事业的社会公益性质；而营利性医院是补充，并将对它们确定不同的政策。

刘新明表示，国家将医疗服务定位为公共财政支持的行业，这决定了我国医疗市场必然走政府主导与引入市场体制相结合的道路。

刘新明的这一观点，被迅速地解读为卫生部的表态，一时间引起全社会的普遍关注。两个月后，《中国青年报》刊出由国务院发展研究中心课题组负责的最新医改研究报告。通过对历年医改的总结反思，报告认为：目前中国的医疗卫生体制改革基本上是不成功的。这种结论主要建立在市场主导和政府主导争论基础之上，而正是因为这份报告让2005年成为新一轮医疗体制改革的起点。

2005年9月,联合国开发计划署驻华代表处发布《2005年人类发展报告》指出,中国医疗体制并没有帮助到最应得到帮助的群体,特别是农民,所以结论是,医改并不成功。这一结论,印证了国务院发展研究中心课题组的研究结果。

同年11月,哈尔滨爆出"550万元天价医疗费事件":一位名叫翁文辉的老人在哈尔滨医科大学第二附属医院住院67天,花费139.7万元。而病人家属又在医生建议下,自己花钱买了400多万元的药品交给医院,作为抢救急用,合计耗资达550万元。但几百万元的花费没能挽回老人的生命,老人最终因抢救无效在医院病逝。500多万元的天价医疗费让翁家异常不解,患者家属先后写了100多封举报信投递给相关部门。

中纪委、中纪委驻卫生部纪检组和监察部驻卫生部监察局联手组成调查组,对哈尔滨550万天价医疗费事件展开全方位调查,从患者家属、医院直到卫生厅。

患者翁文辉的儿子翁强接受央视新闻调查采访时气愤地说,他父亲住院期间,67天做了588次血糖分析、299次肾功能检查,平均每天4.5次,而且每天都乘4,他不知道这个4倍是什么意思。67天做了血气分析379次,输血968次……

谈到医院的账务时,翁强说道:"最让我弄不明白的是我父亲住院67天，医院收了88天的钱，而且到了8月15日结账时，预交款剩余的8万元成了零。"

对于患者家属强烈质疑药费和化验费，哈尔滨医科大学二附院调查组于9月下旬，向患者家属递交了一份初步调查报告。

调查报告显示，在用药方面，医院不是多收了就是漏收了，没有一份收费单据合格；化验收费单比报告单多出128次，2119份病房化验报告单中，合格的只有35份。天价医药费事件发生后，新华社播发了《哈尔滨一患者：住院两月被收费近140万元》《"最昂贵的死亡"——痛揭四大医疗之伤》等文章，在社会上引起强烈反响，一时舆论哗然。

有关人士认为，这起事件是我国医疗服务市场化导致的恶果，集中地反映了当时医疗领域的种种弊端，是一本医德教育的"活教材"。

为平衡患者与医生之间的地位关系，在后来的2008年4月，《医疗事故处理条例》正式出台，但一些医生流露出对可能承担责任的顾虑，表示今后会更多地选择保守治疗，不会再为1%的希望去做100%的努力。显然，这样做的后果将导致患者对医生更加不信任。

不能否定条例的出台将会起到一定的作用，但在缺乏信任的背景下，单纯依赖法律，无法实现社会的良性运行。

四、创新机制

● 卫生部新闻发言人表示:"中国医疗卫生体制改革的目标是要探索一个适合中国国情的医疗卫生体制,决不可能简单照搬其他国家的模式。"

● 卫生部部长高强在报告中说:"医疗体制方面的改革要借鉴国外的有益经验,但是更要符合我国的国情……"

● 吴仪在考察中谈到医改问题时说:"看病难,主要是到大医院接受高水平医疗服务难;看病贵,主要是到大医院诊断医疗费用高。"

两江模式推动医保事业发展

1996年4月,国务院办公厅在"两江试点"的基础上,转发了国家体改委、财政部、劳动部、卫生部四部委《关于职工医疗保障制度改革扩大试点的意见》,进行更大范围的试点。

"两江"是指镇江和九江。早在1992年,经过反复研讨,"医改研讨小组"决定选江苏镇江和江西九江两市试行社会统筹与个人账户相结合的医保模式,探索新型城镇职工基本医疗保险制度。

1993年11月,党的十四届三中全会作出了《中共中央关于社会主义市场经济体制若干问题的决定》,明确提出:

城镇职工养老和医疗保险金由单位和个人共同负担,实行社会统筹和个人账户相结合。

1994年4月,经国务院批准,国家体改委、财政部、劳动部、卫生部印发了《关于职工医疗制度改革试点意见》,提出职工医疗保障制度改革的目标是:

建立统筹医疗基金与个人医疗账户相结合

的社会保险制度，并使之逐步覆盖城镇所有劳动者。

同年,"两江试点"正式开始，国务院领导率领有关部委负责人10余次下镇江、九江现场指导，医保改革进程显著提速。

"两江试点"初步建立了医疗保险"统账结合"的城镇职工医疗保险模式，即社会统筹与个人账户相结合模式，经过扩大试点，社会反应良好。

"两江试点"以后，全国不少城市按照"统账结合"的原则，对支付机制进行了一些改革探索，陆续出现了深圳混合型模式、海南"双轨并行"模式以及青岛"三金"型模式等。

根据部署，1997年医疗保障试点工作在全国范围内选择了58个城市，至8月初，已有30多个城市启动医改扩大试点。1998年1月，全国先后有40个城市进行了医疗改革试点，为全国范围内建立城镇职工基本医疗保险制度积累了经验。

1998年12月，国务院召开全国医疗保险制度改革工作会议，发布了《国务院关于建立城镇职工基本医疗保险制度的决定》。

会议明确了医疗保险制度改革的目标任务、基本原则和政策框架，要求1999年在全国范围内建立覆盖全体城镇职工的基本医疗保险制度。从此，我国城镇职工医疗保险制度的建立进入了全面发展阶段。"决定"还明确了建立城镇职工医疗保险制度的原则：

一是基本医疗保险的水平要与社会主义初级阶段生产力发展水平相适应；二是城镇所有用人单位及其职工都要参加基本医疗保险，实行属地原则；三是基本医疗保险费由用人单位和职工双方共同负担；四是基本医疗保险基金实行社会统筹和个人账户相结合。

具体内容包括覆盖范围、统筹层次、属地管理原则、缴费比例、统账结合、医疗保险基金管理和监督、加强医疗服务的管理、解决有关人员的医疗待遇等八大方面。

国务院的"决定"发布以后，全国各地都开展了医疗保险制度的改革。当年底，全国参加医疗保险社会统筹与个人账户相结合改革的职工达401.7万人，离退休人员107.6万人，该年的医疗保险基金收入达19.5亿元。

2000年底，除西藏外，我国各省、自治区、直辖市都出台了医疗保险制度改革总体规范。

全国349个地级以上医疗保险统筹地区中，有320个地、市实施方案已经省政府审批出台，约占总数的92%，其中284个地、市已开始组织实施，约占总数的81%，医疗保险覆盖人数已达到4300万。这充分表明，城镇职工基本医疗保险制度正在逐步建立。

但由于特殊的社会形态，我国城镇职工基本医疗保险制度仍然存在一些问题。

年逾六十的张女士从东北来到山东威海女儿家居住后，一直为看病发愁。因为她的医保关系还在东北，而当时各地医保又没有联网，因此，手里的医保卡在威海派不上用场。半年前，她患上较重的胃溃疡，治疗费花去3000多元。因为在异地就医，当张女士向原单位咨询医药费如何报销时，结果却让张女士犯了愁。

对方称，按照当地规定，需要办理一张《异地居住人员就医管理登记表》，同时，必须到医保定点医院看病，只有急诊和住院费用才能报销。

张女士后来回忆说：

> 可这次的病是分几次看的，没有急诊和住院，这3000多元不就白花了？就算可以报销，我这么大年纪，又有病在身，来回跑也不方便啊！

医保报销不便利的情况不只反映在外地来威的患者身上，本地到外地工作或生活的人也面临着同样的难题。

石先生在威海市某单位驻云南办事处工作，谈起医保报销问题时，他烦恼地说："因为医保卡在外地不能刷，返回威海报销又实在太麻烦，所以除非大病，其他的病我尽量花现金到诊所或医院解决。"

据威海市职工医疗保险事业处提供的数字显示,当时威海市直单位在外地工作、退休的人员有1200多人,而相对于他们来说,外地来威海居住的人口则是一个庞大的数字,他们都被异地医保报销难困扰着。

是什么原因造成了异地医保报销难呢?

实现全国医保联网究竟"卡"在哪里?

威海市职工医疗保险事业处工作人员介绍说:"能实现全国医保联网,问题当然就好办了,但当前国家还没有出台相关政策,因此这个设想暂时还无法实现。"

据介绍,由于当时工资水平、报销方案等方面的差异,全国各地的医保几乎全部以县(市)为统筹单位。参保人在异地就医时,都要先自付医疗费,再带着凭证回到参保地的社保部门报销。根据规定,医保关系和养老关系"捆绑"在一起,而养老关系往往在当地的社会保险经办机构。

根据这个问题,2003年5月,劳动和社会保障部出台了《关于城镇职工灵活就业人员参加医疗保险的指导意见》,次年5月又出台了《关于推进混合所有制企业和非公有制经济组织从业人员参加医疗保险的意见》,将灵活就业人员、混合所有制企业和非公有制经济组织从业人员以及农村进城务工人员纳入医疗保险范围。

此政策出台后,全国各地陆续出台相关保险政策。

2004年9月,北京市中小学生、婴幼儿住院医疗互助金正式启动。河北、广东、江苏、浙江、江西、吉林、四川等省份都有相应的政策出台。

2007年6月,深圳市政府第六十四次常务会议通过了《深圳市少年儿童住院及大病门诊医疗保险试行办法(草案)》。

"办法"规定:

> 深圳市少儿医保缴费标准为每人每年150元,财政和少儿家庭各付50%,年度最高支付限额达20万元。同时,低保家庭、特困家庭的少儿医疗保险费由民政部门缴交。

9月1日起,深圳将开始实施少儿医保制度,"全民医保"这张网的最后一块儿"漏洞"被补上。至此,深圳的成年人、劳务工、少年儿童等各层次人群的医疗均"有'保'可依",该制度的出台被视为"全民医保"到来的标志。

作为一对双胞胎的母亲,在深圳务工的王女士心情好起来,她正期待着孩子新学年的到来。新学年一开始,孩子就可以买医疗保险了,家长少了后顾之忧。

多年来,王女士每年都得花好几千元为两个孩子买商业医疗保险。从当年起,她不用继续为此支付高额保险费了。

2005年12月,广州市将灵活就业人员纳入住院医保的范围,实现了本地户籍劳动年龄人口"全覆盖"。

此外，南京、贵州、重庆、太原、保定、张家口、汕头、牡丹江、沈阳等城市都有相关政策的出台。

2006年3月，国务院出台了《国务院关于解决农民工问题的若干意见》，提出要积极稳妥地解决农民工社会保障问题。

同年5月，劳动和社会保障部发布了《关于开展农民工参加医疗保险专项扩面行动的通知》，提出：

以省会城市和大中城市为重点，以农民工比较集中的加工制造业、建筑业、采掘业和服务业等行业为重点，以与城镇用人单位建立劳动关系的农民工为重点，统筹规划，分类指导，分步实施，全面推进农民工参加医疗保险工作。

2005年7月，国务院办公厅转发了2005年4月民政部、卫生部、劳动和社会保障部、财政部发布的《关于建立城市医疗救助制度试点工作的意见》，指出：

从2005年开始，用2年时间在各省、自治区、直辖市部分县（市、区）进行试点，之后再用2至3年时间在全国范围内建立起管理制度化、操作规范化的城市医疗救助制度。

"意见"指出，要认真选择试点地区，要建立城市医疗救助基金。"意见"还规定救助对象主要是城市居民最低生活保障对象中未参加城镇职工基本医疗保险人员、已参加城镇职工基本医疗保险但个人负担仍然较重的人员和其他特殊困难群众。

我国一直鼓励用人单位为职工建立补充医疗保险制度，《劳动法》第七十五条指出：国家鼓励用人单位根据本单位实际情况为劳动者建立补充保险。

国务院《关于建立城镇职工基本医疗保险制度的决定》还提出，超过基本医疗保险最高支付限额的医疗保险费用，可以通过商业医疗保险等途径解决。

国务院启动新一轮医改

2005年11月,甘肃景泰县村民杨景林突然得了脑梗死,住院花了3万多元。

如果继续治疗,他很有希望站起来。但可能借到钱的地方都借到了,再到哪儿去借啊?没办法,他只好回家,妻子上山刨点药材给他煮着喝。

杨景林只能躺在炕上,跟人打招呼时,喉咙里只能发出"呼噜呼噜"的声音。

北京丰台区李大妈腿脚不好,只能拄着拐杖在小区附近走走。看到电视上"两会"审议医改的新闻,她说:"和我一起的老姐妹,有的是农村户口,得了病就别指望报销医药费了,得了大病就更难了,'两会'能不能为她们想想?"

老百姓的问题,引起了中央领导高度关注。

2006年2月,全国城市社区卫生工作会议召开,会后,国务院发布了《关于发展城市社区卫生服务的指导意见》。国务院副总理吴仪在会上讲道:

中央在充分听取各方面意见的基础上,决定将发展社区卫生服务作为推进城市卫生综合改革和缓解群众看病难、看病贵的基础性工作,摆到重要位置，集中精力，积极推进。这是城市医疗卫生体制改革思路的一个重大转变。

6月，国务院筹划启动新一轮医改。

国务院第一四一次常务会议决定，成立由国家发展改革委和卫生部牵头，财政部、原人事部等部门参加的深化医药卫生体制改革部际协调工作小组。

小组的主要任务是：研究提出深化医药卫生体制改革的总体思路和政策措施。这标志着新一轮医改研究工作正式启动。

8月，工作小组召开第一次会议，明确了第一阶段工作将分为管理和运行机制、卫生投入机制、医疗保障体制和药品市场监管四个专题研究组开展工作。紧接着，成立了有11个有关部委组成的医改协调小组，由国家发改委主任和卫生部部长共同出任组长。

卫生部新闻发言人在卫生部的例行新闻发布会上表示：

> 中国医疗卫生体制改革的目标是要探索一个适合中国国情的医疗卫生体制，决不可能简单照搬其他国家的模式。

卫生部新闻发言人代表卫生部，谈起对国家公共财政在医疗卫生方面投入的期盼和希望：

公共财政应该增加对医疗卫生的投入,这已形成社会共识,我们希望国家将来财政投入的重点是公共卫生领域和广大人民群众的基本医疗服务。正像胡锦涛总书记在政治局第三十五次集体学习时所作重要讲话中指出,我们要努力构建覆盖全民的基本卫生保健制度。这个制度是需要公共财政支持的。

2007年1月,卫生部在京召开了2007年全国卫生工作会议。卫生部部长高强作了题为《全面贯彻落实六中全会精神 努力探索中国特色的卫生发展道路》的工作报告。

本次会议的主要任务是:研究部署2007年卫生工作,进一步加强农村卫生、社区卫生和公共卫生工作,深化医疗卫生体制改革,加快建设覆盖城乡居民的基本卫生保健制度。

卫生部部长高强在报告中说:

医疗体制方面的改革要借鉴国外的有益经验,但是更要符合我国的国情,要着眼于人人享有基本卫生保健服务,着眼于缩小医疗卫生服务差距,着力于建设让群众能及时就医、安全用药、合理负担的医疗服务体系,探索中国特色的卫生发展道路。

3月7日,国务院副总理吴仪在考察中谈到医改问题时说:"看病难,主要是到大医院接受高水平医疗服务难;看病贵,主要是到大医院诊断医疗费用高。感冒发烧这些小病应到社区医院看,如果都到大医院,相当于高射炮打蚊子。"

在谈到2006年的医改工作时,吴仪说道:"2006年我在卫生方面力气下得最大的有两件事,一是新型农村合作医疗;二是搞好社区卫生建设。把这两项工作做好了,我认为可以有效缓解看病难、看病贵的问题。"

10月15日,胡锦涛在中国共产党第十七次全国代表大会上作报告。

报告明确提出:

> 进一步坚持公共医疗卫生的公益性质,坚持预防为主、以农村为重点、中西医并重,实行政事分开、管办分开、医药分开、营利性和非营利性分开,强化政府责任和投入。

报告还进一步描绘出未来的卫生事业发展方向:

> 建设覆盖城乡居民的公共卫生服务体系、医疗服务体系、医疗保障体系、药品供应保障

体系，为群众提供安全、有效、方便、价廉的医疗卫生服务。

从2007年9月1日起，北京市城镇户口家庭的学生和婴幼儿只需每人每年缴纳50元，超出650元起付标准的医疗费用，可按70%的比例报销，一个医疗保险年度内累计最高可报销17万元。

从2007年10月1日起，北京市尚无医疗保障的城镇老年人，每人每年缴纳300元后，超出1300元起付标准的医疗费用，可按60%的比例报销，一个医疗保险年度内累计最高可报销7万元。

按照具体实施办法，城镇老年人大病医疗保险筹资标准是每人每年1400元，其中城镇老年人个人缴纳300元，财政补助1100元。学生、儿童大病医疗保险筹资标准是每人每年（按学年）100元，其中个人或家庭缴纳50元，财政补助50元。

按照实施办法，城镇老年人以每年1月1日至12月31日为大病医疗保险年度。在每年9月1日至11月30日按缴费标准一次性缴纳大病医疗保险费，从次年的1月1日起享受大病医疗保险待遇。

2007年城镇老年人只要在9月30日前缴费，10月1日就能享受医疗保险待遇。

学生、儿童以每年9月1日至次年8月31日为大病医疗保险年度。各类学校和托幼机构，负责本校在册学生和儿童大病医疗保险的参保缴费工作，学校和托幼机构的学生、儿童，在每年7月1日至9月30日按缴费标准一次性缴纳大病医疗保险费。

非在校少年儿童和散居婴幼儿在每年6月1日至8月31日，由其家长办理学生、儿童大病医疗保险参保缴费手续，自9月1日起享受大病医疗保险待遇。在北京良乡中心幼儿园，一位家长说："现在孩子有病住院的费用很高，这次参保后，政府将可以给报销70%，真是解决了大问题。"

深化医药卫生体制改革是一项十分艰巨而复杂的长期任务，要坚持突出重点、分步实施，抓紧制定配套文件，进一步明确和细化可操作性政策措施，在试点基础上逐步推进。

在拥有13亿人口的发展中大国，建立比较完善的覆盖全民的基本医疗卫生制度，是一个长期渐进的过程。同时，改革开放30年来，我国经济持续快速发展，综合国力明显增强，为深化医药卫生体制改革提供了坚实的物质基础。医药卫生体制改革已经取得了积极进展，积累了宝贵的经验，这些都为深化医药卫生体制改革顺利实施提供了有力保障。

国务院提出指导性意见

2008年"两会"期间,北京朝阳区出租车司机张师傅特别希望能遇到人大代表。只要乘客一上车,张师傅总会问:"你能见到人大代表吗?如果能见到,替我捎句话,到现在公司也没给我们上医疗保险,每月要向出租车公司上交6000元的份钱,剩下的钱只能维持生活,看大病就甭提了……"

针对群众的呼声,2008年4月11日和15日,国务院总理温家宝专门邀请医务工作者代表和群众代表到中南海,听取他们对《关于深化医药卫生体制改革的意见(征求意见稿)》的意见和建议。

在座谈会上,医务工作者和专家学者、药品生产和流通企业负责人、参加新农合的农民、农村医疗救助对象、农民工、企业工会主席、国企职工、外企职工、居委会负责人、中学校长等22名群众代表作了发言。

他们认为,这个改革方案充分考虑了基本国情,比较准确地把握了医药卫生事业的主要矛盾,符合医药卫生事业发展规律。

群众代表就政府投入、医疗保障体系建设、医疗行业监督、医学科研、公立医院管理体制改革、康复医学建设、中医药发展、加强社区医院和乡村卫生院等基层医疗机构建设，以及改进药品招标制和医疗救助等方面，提出了许多意见和建议。

温家宝认真听取每一个人的发言，不时插话和大家交流，详细地询问有关情况，并记下大家的发言要点和修改意见。

在听了大家的发言后，温家宝说：

> 非常感谢大家对深化医药卫生体制改革方案提出的宝贵意见。同志们可能知道，没有一项改革是涉及每一个人，而医药卫生体制改革确实涉及每一个人。
>
> 在所有涉及民生的改革当中，医药卫生体制改革的难度恐怕是最大的。何况我们又是有13亿人口的发展中国家，难度就更大。

温家宝表示，听取各方面的意见，就是对这项改革采取高度负责和慎重的态度。这样的座谈会还要继续开，边座谈边研究。经过这一轮的征求意见之后，进一步修改完善"意见"稿，适当时候公开征求全国人民的意见。

10月10日，温家宝主持召开国务院常务会议，审议并原则通过了《关于深化医药卫生体制改革的意见（征求意见稿）》，并决定公开向社会征求意见。

征求意见稿在网络上征求社会公众意见，共收到反馈意见3.5万余条。

2009年1月,国务院常务会议审议并原则通过了《2009—2011年深化医药卫生体制改革实施方案》。

"实施方案"树立了远大的目标:

从2009年至2011年,我国将为约1.1亿符合条件的65岁以上老年人进行免费健康体检;3年时间为4800万婴幼儿进行生长发育检查;每年对1600万孕产妇作产前检查和产后访视。

到2020年,覆盖城乡居民的基本医疗卫生制度基本建立。这就是让13亿人都为之振奋、世界都为之震撼的"全民医保"的蓝图。

根据新医改方案,从2009年开始,国家将免费给15岁以下人群补种乙肝疫苗。乙肝这个曾经深切困扰过许多人的问题,终于得到了回应。

本书主要参考资料

《人人享有健康保障》张越著 人民出版社

《使命：山东卫生改革发展回顾》张文鸣主编 黄河出版社

《医疗改革从何入手》欧高敦总编 经济科学出版社

《诊断与处方：直面中国医疗体制改革》顾昕 高梦滔 姚洋著 社会科学文献出版社

《改革开放30年：中国社会保障制度改革回顾、评估与展望》邓大松 刘昌平等著 中国社会科学出版社

《集体林权制度改革背景下的农村医疗、教育事业发展》孔祥智 王全 孙春等著 中国人民大学出版社

《中日医疗保障制度改革比较研究》张牧原著 西安交通大学出版社

《中国健康保险与医疗保障体系改革：统计分析研究》尚汉冀 李荣敏 黄云敏主编 复旦大学出版社